MAIGRET S'AMUSE

GEORGES SIMENON

MAIGRET S'AMUSE

PRESSES DE LA CITÉ

1

LE COMMISSAIRE A LA FENÊTRE

LE PETIT VIEUX A barbichette sortait à nouveau de l'ombre de l'entrepôt, à reculons, regardait à gauche et à droite, avec un geste des deux mains comme pour attirer vers lui le lourd camion dont il dirigeait la manœuvre. Ses mains disaient :

— Un peu à droite... Là... Tout droit... Tout droit... Doucement... A gauche... maintenant... Braquez...

Et le camion, en marche arrière aussi, traversait maladroitement le trottoir, s'engageait dans la rue où le petit vieux, maintenant, faisait signe aux voitures de s'arrêter un instant.

C'était le troisième camion qui sortait ainsi, en une demi-heure, du vaste hall au fronton duquel on lisait : *Catoire et Potut, Métaux*, des mots familiers à Maigret, puisqu'il les avait chaque jour sous les yeux depuis plus de trente ans.

Il était à sa fenêtre, boulevard Richard-Lenoir, à fumer une pipe à bouffées lentes, sans veston, sans cravate, et, derrière lui, dans la chambre, sa femme commençait à faire le lit.

Il n'était pas malade, et c'était là l'extraordinaire, car il était dix heures du matin et on n'était même pas dimanche.

D'être à la fenêtre, au beau milieu de la matinée, à observer vaguement le va-et-vient de la rue, à suivre des yeux les camions qui entraient et sortaient de l'entrepôt d'en face lui donnait une sensation qui le reportait à certains jours de son enfance, quand sa mère vivait encore et qu'il n'allait pas à l'école, à cause d'une grippe, ou parce que la classe était fermée. La sensation, en quelque sorte, de découvrir « ce qui se passait quand il n'était pas là ».

C'était déjà le troisième jour, le second si on ne comptait pas le dimanche, et il continuait à éprouver un ravissement mêlé de malaise vague.

Il faisait des quantités de découvertes, s'intéressait non seulement aux mouvements du petit vieux à barbiche qui présidait à la sortie des camions mais, par exemple, au nombre de clients qui pénétraient dans le bistrot d'à côté.

Il lui était déjà arrivé de passer la journée dans son appartement. Presque toujours, c'était parce qu'il était malade et il était dans son lit ou dans un fauteuil.

Cette fois, il n'était pas malade. Il n'avait rien à faire. Il pouvait employer son temps

8

à sa guise. Il apprenait le rythme des journées de sa femme, par quoi elle commençait son travail, à quel moment elle allait de la cuisine à la chambre et comment elle enchaînait ses gestes.

Du coup, elle lui rappelait sa mère vaquant à son ménage pendant que, là-bas aussi, il traînait à la fenêtre.

Comme elle, Mme Maigret lui disait :

— Maintenant, tu devrais passer à côté, que je puisse balayer.

Jusqu'à l'odeur de cuisine qui changeait, qui était ce matin l'odeur du fricandeau à l'oseille.

Il redevenait attentif, comme un enfant, à certains jeux de lumière, à la progression, sur le trottoir, de la ligne d'ombre et de soleil, à la déformation des objets dans l'atmosphère frémissante d'une journée chaude.

Cela durerait encore dix-sept jours.

Pour que cela arrive, il avait fallu bien des hasards et des coïncidences. Et d'abord qu'au mois de mars il ait souffert d'une assez méchante bronchite. Il s'était relevé trop tôt, comme toujours, parce que le travail pressait Quai des Orfèvres. Il avait dû s'aliter à nouveau et on avait craint un moment une pleurésie.

Les beaux jours avaient eu raison de son mal, mais il était resté anxieux, maussade, mal dans sa peau. Il lui semblait soudain qu'il était un vieil homme et que la maladie, la vraie, celle qui vous amoindrit pour le reste de vos jours, le guettait au tournant.

Il n'en avait rien dit à sa femme, et cela

l'irritait de la voir l'observer à la dérobée. Un soir il était allé voir son ami Pardon, le docteur de la rue Picpus chez qui ils avaient l'habitude de dîner une fois par mois.

Pardon l'avait longuement examiné, l'avait même, par acquit de conscience, envoyé chez un spécialiste du cœur.

Les toubibs n'avaient rien trouvé, sinon une tension artérielle un peu élevée, mais ils étaient tombés d'accord sur la même recommandation :

— Vous devez prendre des vacances.

Depuis trois ans, il n'avait pas connu de vraies vacances. Chaque fois qu'il était sur le point de partir, une affaire survenait, dont il était obligé de s'occuper et, une fois qu'il était déjà arrivé chez sa belle-sœur, en Alsace, il avait reçu, le premier jour, un coup de téléphone affolé pour le rappeler à Paris.

— Entendu, avait-il promis, bougon, à son ami Pardon. Cette année, je prendrai des vacances, quoi qu'il arrive.

En juin, il en avait fixé la date : le 1er août. Sa femme avait écrit à sa sœur. Celle-ci, qui habitait Colmar avec son mari et ses enfants, possédait un chalet au col de la Schlucht, où les Maigret étaient allés assez souvent et où la vie était agréable et reposante.

Hélas! Charles, le beau-frère, venait de recevoir sa nouvelle voiture et avait décidé d'emmener sa famille visiter l'Italie.

Combien de soirs avaient-ils passés, Mme Maigret et lui, à discuter de l'endroit où ils iraient ? Ils avaient d'abord pensé aux bords de la Loire, où Maigret pourrait pêcher, puis à l'*Hôtel des Roches Noires*, aux Sables d'Olonne, où ils avaient passé d'excellentes vacances. Ils avaient opté enfin pour les Sables. Mme Maigret avait écrit dans la dernière semaine de juin et on lui avait répondu que toutes les chambres étaient retenues jusqu'au 18 août.

Le hasard avait en fin de compte provoqué la décision du commissaire. Un samedi soir, au milieu de juillet, il avait été appelé, vers sept heures du soir, à la gare de Lyon, pour une affaire sans grande importance. Du Quai des Orfèvres à la gare, dans une des autos de la P.J., il avait mis une demi-heure, tant les voitures formaient une masse compacte.

On annonçait huit trains supplémentaires et la foule, dans le hall, sur les quais, partout, avec des valises, des malles, des baluchons, des enfants, des chiens et des cannes à pêche, évoquait un exode.

Tout cela s'en allait à la campagne ou à la mer, envahirait le moindre hôtel, la plus humble auberge, sans compter ceux qui planteraient leur tente dès qu'ils découvriraient un espace disponible.

L'été était chaud. Maigret était rentré chez lui harassé, comme si c'était lui qui s'était enfourné dans un train de nuit.

— Qu'est-ce que tu as ? avait demandé sa femme qui, depuis sa bronchite, restait attentive.

— Je commence à me demander si nous irons en vacances.

— Tu oublies ce que Pardon a dit ?

— Je n'oublie pas.

Il imaginait avec terreur les hôtels, les pensions de famille bourrés de pensionnaires.

— Ne ferions-nous pas mieux de passer nos vacances à Paris ?

Elle avait d'abord cru qu'il plaisantait.

— Nous ne nous promenons pour ainsi dire jamais à Paris ensemble. C'est à peine si, une fois la semaine, nous trouvons le temps d'aller jusqu'au premier cinéma venu des Boulevards. En août, la ville, vide, sera à nous.

— Et ton premier soin sera de te précipiter Quai des Orfèvres pour t'occuper de je ne sais quelle affaire !

— Je jure que non.

— Tu dis ça.

— On irait tous les deux à l'aventure, dans des quartiers où nous ne mettons jamais les pieds, déjeunant et dînant dans des petits restaurants amusants...

— Te sachant ici, la P.J. te téléphonera à la première occasion.

— La P.J. ne le saura pas, ni personne, et je nous inscrirai au service des abonnés absents.

L'idée le séduisait réellement et avait fini par séduire sa femme. Le téléphone, dans la salle à manger, était donc muet, autre détail auquel il était difficile de s'habituer. Deux fois, il avait tendu la main vers l'appareil avant de se rappeler qu'il n'en avait pas le droit.

Officiellement, il n'était pas à Paris. Il était aux Sables d'Olonne. C'était l'adresse qu'il avait fournie à la P.J. et, si un message urgent arrivait là-bas, on le lui ferait suivre.

Il avait quitté le Quai des Orfèvres le samedi soir et tout le monde le croyait parti pour le bord de la mer. Le dimanche, ils n'étaient sortis que vers la fin de l'après-midi pour dîner dans une brasserie de la place des Ternes, loin de chez eux, comme pour se dépayser.

Le lundi matin, vers dix heures et demie, Maigret était descendu jusqu'à la place de la République, pendant que sa femme finissait le ménage, et avait lu ses journaux à une terrasse à peu près déserte. Ils avaient déjeuné ensuite à la Villette, avaient dîné chez eux et étaient allés au cinéma.

Ils ne savaient encore, ni l'un ni l'autre, ce qu'ils feraient aujourd'hui mardi, sinon qu'ils mangeraient le fricandeau à la maison puis que, sans doute, ils s'en iraient à l'aventure.

C'était un rythme de vie auquel il fallait s'habituer, car cela paraissait étrange de n'être pas poussé par des nécessités, de n'avoir pas à compter les heures, les minutes.

Il ne s'ennuyait pas. A vrai dire, il avait tout juste un peu honte de ne rien faire. Sa femme s'en rendait-elle compte ?

— Tu ne vas pas chercher tes journaux ?

Une habitude se créait déjà. A dix heures et demie, il irait chercher ses journaux, probablement les lire à la même terrasse de la place de la République. Cela l'amusa. En somme, il venait à peine d'échapper à des contraintes qu'il s'en créait de nouvelles.

Il quitta la fenêtre, mit une cravate, des chaussures, chercha son chapeau.

— Tu n'as pas besoin de rentrer avant midi et demi.

Même pour elle, il n'était plus tout à fait Maigret, maintenant qu'il n'allait pas au Quai des Orfèvres et, une fois de plus, il pensa à sa mère lui lançant :

— Va jouer une heure, mais rentre pour déjeuner.

Jusqu'à la concierge qui le regardait avec un étonnement non dénué de reproche. Un homme grand et fort a-t-il le droit d'errer ainsi sans rien faire ?

Une arroseuse municipale passait lentement et il regarda, comme un spectacle inédit, l'eau gicler d'une multitude de petits trous et s'étaler ensuite sur la chaussée.

Les fenêtres, au Quai, devaient être grandes ouvertes sur le spectacle de la Seine. La moitié des bureaux était vide. Lucas était à Pau, où il avait de la famille, et ne rentrerait que le 15. Torrence, qui venait d'acheter une voiture d'occasion, visitait la Normandie et la Bretagne.

Il n'y avait presque pas de circulation, fort peu de taxis. La place de la République paraissait figée comme sur une carte postale et seul un car de touristes y apporta quelque animation.

Il s'arrêta au kiosque, acheta tous les journaux du matin qu'il avait l'habitude de trouver sur son bureau et de parcourir avant de se mettre au travail.

Maintenant, il avait le temps de les lire

et, la veille, il avait même lu un certain nombre de petites annonces.

Il s'installa à la même terrasse, à la même place, commanda de la bière et, après avoir retiré son chapeau et s'être épongé le front, car il faisait déjà chaud, il déploya un premier journal.

Les deux plus gros titres concernaient les événements internationaux et un grave accident de la route qui avait fait huit morts, car un autocar était tombé dans un ravin du côté de Grenoble. Tout de suite, son regard s'arrêta sur un autre titre, dans le coin droit de la page.

UN CADAVRE DANS UN PLACARD

Si ses narines ne frémirent pas, il n'en ressentit pas moins une certaine excitation.

La P. J. entoure d'un certain mystère une découverte macabre qui a été faite hier matin, lundi, dans l'appartement d'un médecin connu, boulevard Haussmann.

Ce médecin serait actuellement sur la Côte d'Azur avec sa femme et sa fille.

En prenant son service hier matin, après avoir passé le dimanche en famille, la bonne aurait été frappée par une odeur suspecte et, ouvrant un placard, d'où cette odeur semblait provenir, elle aurait découvert le cadavre d'une jeune femme.

Contrairement à la tradition, la Police Judiciaire se montre fort avare de renseignements, ce qui laisse supposer qu'elle attache à cette affaire une importance exceptionnelle.

Le docteur J..., dont il s'agit, a été rappelé d'urgence et un autre médecin, qui le remplace pendant ses vacances, se trouverait compromis.

Nous espérons, demain, être en mesure de fournir des détails sur cette étrange histoire.

Maigret déploya les deux autres journaux du matin qu'il avait achetés.

L'un d'eux avait raté l'information. L'autre, renseigné trop tard, la résumait en quelques lignes, mais sous un titre en caractères gras.

UN CADAVRE CHEZ LE DOCTEUR

La Police Judiciaire enquête depuis hier au sujet d'une affaire qui pourrait devenir une nouvelle affaire Petiot, à la différence que, cette fois, deux médecins au lieu d'un seul paraissent en cause. Le cadavre d'une jeune femme a été trouvé, en effet, dans le cabinet d'un praticien bien connu du boulevard Haussmann mais, jusqu'ici, nous n'avons pas été à même d'obtenir de plus amples renseignements.

Maigret se surprit à grommeler :
— Idiot !
Ce n'était pas aux journalistes qu'il en avait mais à Janvier, sur qui, pour la première fois, pesaient les responsabilités du service. Il y avait longtemps que l'inspecteur attendait cette occasion-là car, lors des précédentes vacances de Maigret, il se trouvait toujours un inspecteur plus ancien pour remplacer le commissaire.

Cette année, pour près de trois semaines, il était le patron et Maigret avait à peine quitté le Quai qu'une affaire éclatait, importante, à en juger par le peu que les journaux en disaient.

Or, déjà, Janvier avait commis une première faute : il s'était mis les journalistes à dos. C'était arrivé à Maigret aussi de leur cacher des informations, mais il y mettait un certain moelleux et, en ne leur disant rien, il avait encore l'air de leur faire des confidences.

Son premier mouvement fut pour se rendre à la cabine et téléphoner à Janvier. Il se rappela à temps qu'il était officiellement aux Sables d'Olonne.

La découverte du cadavre, selon les journaux, datait de la veille au matin. La police avait été saisie immédiatement de l'affaire, ainsi que le Parquet. Normalement, les feuilles du lundi après-midi auraient dû publier l'information.

Quelqu'un, en haut lieu, était-il intervenu ? Ou Janvier avait-il pris sur lui de faire le silence ?

« *Un médecin connu du boulevard Haussmann...* » Maigret connaissait le quartier et, quand il était arrivé à Paris, c'était peut-être celui qui l'avait le plus impressionné par ses immeubles calmes et élégants, ses portes cochères laissant voir d'anciennes écuries au fond des cours, l'ombre douce des marronniers et les limousines qui stationnaient le long des trottoirs.

— Voulez-vous me donner un jeton ?

Pas pour téléphoner au Quai, puisque cela lui était interdit, mais pour appeler Pardon, qui avait séjourné à la mer en juillet et qui, seul, était au courant des vacances parisiennes de Maigret.

Pardon était à son cabinet.

— Dites-moi, est-ce que vous connaissez un docteur J... qui habite le boulevard Haussmann ?

Le médecin avait eu le temps de lire le journal, lui aussi.

— Je me suis posé la question en prenant mon petit déjeuner. J'ai cherché dans l'annuaire médical. Je suis assez intrigué. Il s'agirait en effet d'un médecin de valeur, le docteur Jave, ancien interne des hôpitaux, qui a une grosse clientèle.

— Vous le connaissez ?

— Je l'ai rencontré deux ou trois fois mais, depuis plusieurs années, je l'ai perdu de vue.

— Quel genre d'homme ?

— Sur le plan professionnel ?

— D'abord, oui.

— Un praticien sérieux, qui connaît son affaire. Il doit avoir une quarantaine d'années, peut-être quarante-cinq. Il est bel homme. Tout ce qu'on pourrait lui reprocher, pour autant que cela soit un défaut, c'est de s'être spécialisé dans la clientèle mondaine. Ce n'est pas sans raison qu'il s'est installé boulevard Haussmann. Je suppose qu'il gagne beaucoup d'argent.

— Marié ?

— On le dit dans le journal. Je n'étais pas au courant. Dites donc, Maigret, j'espère que vous n'allez pas courir au Quai pour vous occuper de ça ?

— Je vous le promets. Et l'autre médecin auquel on fait allusion ?

— Je n'ai pas été le seul, ce matin, à téléphoner à des confrères. C'est assez rare qu'une affaire de ce genre se produise dans notre profession et nous sommes aussi curieux que des concierges. Comme la plupart des médecins qui partent en vacances, Jave a pris un jeune remplaçant pour le temps de son absence. Je ne le connais pas personnellement et je ne pense pas l'avoir rencontré. Il s'agit d'un certain Négrel, Gilbert Négrel, qui, a une trentaine d'années et est un des assistants du professeur Lebier. Ceci est une référence, car Lebier passe pour choisir ses collaborateurs avec soin et pour être difficile à vivre.

— Vous êtes très occupé ?

— Tout de suite ?

— D'une façon générale.

— Moins que d'habitude, la plupart de mes patients étant en congé. Pourquoi demandez-vous ça ?

— J'aimerais que vous essayez d'obtenir le plus de renseignements possible sur ces deux toubibs-là.

— Vous n'oubliez pas que vous êtes en vacances, par ordre de la Faculté ?

— Je promets de ne pas mettre les pieds Quai des Orfèvres.

— Ce qui ne vous empêche pas de vous occuper de l'affaire en amateur. C'est ça ?

— A peu près.

— Bon. Je donnerai quelques coups de téléphone.

— On pourrait peut-être se voir ce soir ?

— Pourquoi ne venez-vous pas dîner à la maison avec votre femme ?

— Non. C'est moi qui vous invite, avec la vôtre, dans un bistrot quelconque. Nous irons vous prendre vers huit heures.

Du coup, Maigret n'était plus tout à fait le même homme que le matin. Il avait cessé de rêvasser et de se sentir comme un petit garçon qui ne va pas à l'école.

Il alla reprendre sa place à la terrasse, commanda un autre demi et pensa à Janvier qui devait être terriblement excité. Est-ce que Janvier avait tenté de lui téléphoner aux Sables-d'Olonne pour lui demander conseil ? Sans doute que non. Il avait à cœur de mener, tout seul, l'affaire à bien.

Le commissaire avait hâte d'en savoir davantage mais, à présent qu'il n'était plus dans la coulisse, il lui fallait, comme le public, attendre les journaux de l'après-midi.

Quand il rentra pour déjeuner, sa femme le regarda en fronçant les sourcils, flairant déjà quelque chose.

— Tu as rencontré quelqu'un ?

— Personne. J'ai seulement téléphoné à Pardon. Nous les emmenons dîner ce soir dans un bistrot, je ne sais pas encore lequel.

— Tu ne te sens pas bien ?

— Je suis en pleine forme.

C'était vrai. L'entrefilet du journal venait de donner un sens à ses vacances et il n'était pas tenté d'aller, à son bureau, prendre l'affaire en main. Pour une fois, il n'était qu'un spectateur et il trouvait la situation amusante.

— Qu'est-ce que nous faisons cet après-midi ?

— Nous irons nous promener boulevard Haussmann et dans le quartier.

Elle ne protesta pas, ne lui demanda pas pourquoi. Ils avaient tout le temps de manger sans regarder l'heure, devant la fenêtre ouverte, ce qui ne leur arrivait pas souvent. Même les bruits de Paris n'étaient pas les mêmes que d'habitude. Au lieu de former une symphonie confuse, les sons, plus rares, devenaient distincts, on entendait un taxi tourner le coin de telle rue, un camion s'arrêter devant telle maison.

— Tu ne fais pas la sieste ?

— Non.

Pendant qu'elle s'occupait de la vaisselle, puis s'habillait, il descendait à nouveau pour aller acheter les journaux du soir. L'affaire avait acquis le droit aux plus gros titres.

UNE NOUVELLE AFFAIRE PETIOT
UNE FEMME MORTE DANS UN PLACARD
DEUX MEDECINS SUR LA SELLETTE

Le meilleur des articles, signé du petit Lassagne, un des reporters les plus débrouillards, disait :

> Une affaire criminelle, qui ne manquera pas d'avoir un certain retentissement et qui réserve des surprises, vient d'éclater dans un des quartiers les plus élégants de Paris, boulevard Haussmann,

entre la rue de Miromesnil et la rue de Courcelles.

Malgré la mauvaise volonté qu'apporte la police à fournir des informations, nous avons pu, grâce à notre enquête personnelle, découvrir les détails suivants :

Boulevard Haussmann donc, au 137 *bis*, habitent, depuis cinq ans, au troisième étage, le docteur Philippe Jave, âgé de quarante-quatre ans, ainsi que sa femme et leur fillette de trois ans.

Les Jave occupent un des deux appartements de l'étage, l'autre étant réservé pour le salon d'attente et les luxueux cabinets de consultation, car la clientèle du médecin est des plus élégantes et la plupart de ses patients figurent au Bottin Mondain.

Le 1ᵉʳ juillet, les Jave, accompagnés de la nurse de l'enfant, quittaient Paris pour un séjour de six semaines à Cannes, où ils avaient loué la villa Marie-Thérèse.

A la même date, un jeune médecin, le docteur Négrel, prenait la place de son confrère aux heures de consultation.

D'habitude outre la nurse, Mˡˡᵉ Jusserand, les Jave ont deux domestiques, mais l'une d'elles, dont les parents habitent la Normandie, a pris ses vacances en même temps que ses patrons et seule Josépha Chauvet, âgée de cinquante et un ans, est restée à Paris.

Les pièces d'habitation étant inoccupées, elle n'avait à assumer que l'entretien des locaux professionnels.

Le docteur Négrel, qui est célibataire et vit en meublé rue des Saints-Pères, venait chaque matin à neuf heures, prenait note des appels téléphoniques, faisait ses visites en ville, déjeunait dans un restaurant et, à deux heures, revenait boulevard Haussmann pour les consultations.

Vers six heures, il était libre à nouveau et Josépha Chauvet en profitait pour se rendre chez sa fille, qui habite le quartier, rue Washington, où elle passait presque toutes ses nuits.

Que s'est-il passé ? A cause du mutisme de la police, il nous est difficile de reconstituer la chaîne des événements, mais un certain nombre de faits sont acquis.

Samedi dernier, le docteur Négrel a quitté le cabinet du boulevard Haussmann à cinq heures et demie, alors que Josépha s'y trouvait toujours. Au cours de l'après-midi, il avait reçu une demi-douzaine de clients et de clientes et nul, dans l'immeuble, n'a remarqué d'allées et venues anormales.

Dimanche, le docteur Négrel s'est rendu chez des amis à la campagne tandis que Josépha passait la journée avec sa fille rue Washington pour ne rentrer que lundi matin à huit heures.

Elle a commencé, comme d'habitude, par passer le salon d'attente à l'aspirateur électrique, puis elle a pénétré dans le bureau qui précède le cabinet de consultation.

Ce n'est qu'en arrivant dans cette troisième pièce qu'elle a été frappée par une odeur anormale, fade et écœurante, a-t-elle déclaré, mais elle ne s'est pas inquiétée tout de suite.

Quelques minutes avant neuf heures enfin, intriguée, elle a ouvert la porte d'une quatrième pièce, de dimensions plus restreintes, transformée en laboratoire. C'est de là que provenait l'odeur, plus exactement d'un des placards.

Celui-ci était fermé à clef. La clef n'était pas dans la serrure. Comme Josépha examinait le placard, elle a entendu des pas derrière elle et, en se retournant, a aperçu le docteur Négrel qui arrivait.

A-t-il eu un sursaut ? A-t-il pâli ? Les témoignages indirects que nous avons recueillis sont contradictoires. Il lui aurait dit :

— Qu'est-ce que vous faites là ?

Elle aurait répondu :

— Vous ne sentez pas ?

Elle aurait alors parlé d'un rat mort.

— Le docteur Jave ne vous a pas laissé les clefs ?

Nous ne faisons, bien entendu, que reconstituer les faits de notre mieux. Quelques minutes plus tard, Josépha sortait de l'immeuble pour aller chercher un serrurier, rue de Miromesnil et revenait ensuite avec lui.

Maigret se demandait, en lisant, où le petit Lassagne avait puisé ces détails. Ce n'était pas Josépha qui avait parlé, il en aurait juré. Encore moins le docteur Négrel. La concierge ? C'était possible. Peut-être aussi, par la suite, le serrurier ?

Il continua :

Lorsque la porte du placard fut ouverte, le spectacle qui s'offrit fut celui d'un corps de femme entièrement nu, qu'on avait dû plier en deux pour le faire tenir dans l'espace assez exigu.

En l'absence du commissaire Maigret, en vacances, ce fut l'inspecteur Janvier qui arriva sur les lieux, suivi par le médecin légiste et le Parquet, tandis que la presse, pour des raisons que nous ne comprenons pas encore, était tenue dans l'ignorance.

L'identification du corps n'a causé aucune difficulté, puisqu'il s'agit de Mme Jave elle-même, que tout le monde croyait à Cannes.

En dehors d'une ecchymose à la tempe droite, qui pourrait avoir été provoquée par une chute, le cadavre ne porte aucune trace de violence.

Le docteur Négrel prétend n'avoir vu Mme Jave ni samedi, ni aucun autre jour depuis le départ du docteur Jave et de sa femme, le 1er juillet, pour Cannes.

Josépha aurait fait la même déclaration.

Comment la jeune femme a-t-elle tuée ? Quand ? Nous croyons savoir que le médecin légiste ferait remonter la mort à samedi.

Dès lundi midi, le docteur Jave, alerté par téléphone, prenait, à Nice, l'avion de Paris.

Il a passé la nuit, ainsi que le docteur Négrel, Quai des Orfèvres. Rien n'a transpiré des déclarations que les deux hommes auraient pu faire.

Ce matin encore, on a refusé, à la Police Judiciaire, de nous dire si l'un ou l'autre des deux hommes se trouve en état d'arrestation.

C'est le juge Coméliau qui est chargé de l'instruction et il est plus muet encore que l'inspecteur Janvier.

Notre correspondant de Cannes a tenté de prendre contact avec la nurse, Mlle Jusserand, restée là-bas avec l'enfant, mais il lui a été impossible de pénétrer dans la villa qui a reçu deux fois déjà la visite de la Brigade Mobile.

Cette affaire, comme on le voit, est une des plus mystérieuses de ces dernières années et il faut s'attendre à des coups de théâtre.

Qui a tué Mme Jave ? Pourquoi ? Et pourquoi a-t-on enfermé son corps entièrement nu dans un placard, derrière le cabinet de consultation de son mari ?

En attendant les rebondissements qui ne manqueront pas de se produire nous sommes à même de fournir quelques informations sur les personnages mêlés à cette histoire.

Le docteur Philippe Jave, né à Poitiers, est âgé de quarante-quatre ans et, après de brillantes études à l'École de Médecine de Paris, a été interne des hôpitaux.

Jusqu'à son mariage, il était installé à Issy-les-Moulineaux, où son cabinet était des plus modestes et sa clientèle composée principalement d'ouvriers des usines voisines.

Voilà cinq ans, il a épousé Éveline Le Guérec, de seize ans plus jeune que lui, qui avait donc vingt-huit ans au moment de sa mort.

Les Le Guérec possèdent, à Concarneau, une usine de conserves et la marque de sardines « Le Guérec et Laurent » est bien connue des ménagères.

Aussitôt après le mariage, le jeune ménage s'est installé boulevard Haussmann, dans un luxueux appartement, et le docteur Jave n'a pas tardé à devenir un des médecins les plus demandés de la capitale.

Deux ans plus tard, le père Le Guérec mourait, laissant l'affaire de Concarneau à son fils Yves et à sa fille.

Les Jave ont une fillette de trois ans, Michèle.

Quant au docteur Négrel, c'est, lui aussi, un

brillant sujet. Agé de trente ans, il est célibataire et il occupe toujours, rue des Saints-Pères, sa chambre d'étudiant, où il vit modestement.

Il n'a pas installé de cabinet et travaille avec le professeur Lebier. C'est la première fois qu'il acceptait, pendant les vacances, de remplacer un de ses confrères.

Nous avons essayé de savoir si les Jave et le docteur Négrel entretenaient, avant ce remplacement, des relations amicales, mais nous n'avons pas obtenu de réponse.

On se heurte, partout, que ce soit au Quai des Orfèvres, boulevard Haussmann ou auprès du corps médical, à un étrange mutisme.

La concierge n'est pas plus loquace et se contente d'affirmer qu'elle ignorait la présence de Mme Jave dans la maison.

Notre correspondant sur la Côte d'Azur a pourtant obtenu un résultat, encore qu'assez maigre. A l'aéorrome de Nice, on aurait vu une passagère répondant au signalement de Mme Jave prendre l'avion de 9 h 15, samedi matin, avion qui arrive à Orly à 11 h 15. La compagnie de navigation aérienne refuse de confirmer si oui ou non elle figure sur la liste des passagers.

A l'heure où nous mettons sous presse, le docteur Paul procède à l'autopsie.

Quand Maigret rentra chez lui, il découpa soigneusement l'article et le glissa dans une chemise de papier bulle, comme il le faisait au Quai quand il ouvrait un dossier.

Seulement, Quai des Orfèvres, ses dossiers contenaient des documents originaux, authentiques, alors qu'ici il devait se contenter des articles plus ou moins romancés des journaux.

— Tu es prête, Mme Maigret ?

Elle surgit de la chambre, en robe de coton clair, un petit chapeau blanc sur la tête, gantée de blanc, et, tandis qu'ils suivaient le trottoir bras dessus bras dessous, ils avaient vraiment l'air d'un couple en vacances.

— On dirait que tu commences à t'amuser, remarqua-t-elle après un coup d'œil en coin.

Il ne répondit pas mais il souriait, non en pensant à la pauvre Mme Jave, mais en évoquant Janvier aux prises avec cette affaire qu'il devait avoir tant à cœur de mener à bien tout seul.

2

LE DINER DU PÈRE JULES

— CALVADOS POUR tout le monde ? demanda-t-il en tirant sa pipe de sa poche, au moment où la serveuse en tablier blanc apportait le café.

Il comprit le coup d'œil que sa femme lui lançait, celui qu'elle lançait ensuite, plus furtivement, à Pardon. Il n'était pas ivre, ni même éméché. Il ne devait guère avoir bu plus que les autres, mais il n'en était pas moins conscient d'un certain pétillement de ses prunelles, d'une façon molle de parler qui ne lui étaient pas habituels.

Deux fois, pendant le dîner, Mme Maigret l'avait observé avec une pointe d'attendrissement, la première quand il avait commandé la friture de goujons, la seconde quand il avait réclamé ensuite une andouille grillée avec des pommes frites.

Elle avait bien reconnu le restaurant où ils n'avaient pas mis les pieds depuis vingt ans et où ils n'étaient venus, jadis, que deux fois. L'enseigne était toujours *Chez le Père Jules*. Les tables de bois avaient été remplacées par une matière plastique aux couleurs violentes et le bar, à l'intérieur, s'était modernisé. L'extraordinaire, c'est que le Père Jules était toujours là et ne semblait pas avoir vieilli, au point que, sous sa tignasse blanche, il avait l'air d'un figurant à perruque.

S'ils étaient venus à Joinville dans l'auto des Pardon, c'était Maigret qui avait choisi le restaurant, en face de l'Ile d'Amour autour de laquelle glissaient des barques et des canoës.

Il y avait, à côté, un bal dont les flonflons se mêlaient à la musique du *pick up* du restaurant. Les clients n'étaient pas nombreux et la plupart avaient tombé la veste, beaucoup étaient venus en voisins.

Maigret n'était-il pas fidèle au programme qu'il s'était tracé pour ses vacances?

— Il y a des choses dont on parle toujours, qu'on fredonne même en musique et qu'on ne fait jamais, avait-il déclaré au début du repas. Par exemple manger une friture dans un bistrot des bords de la Marne Dites-moi, Pardon, combien de fois êtes vous venu manger une friture au bord de la Marne?

Le docteur avait cherché dans sa mémoire Cela avait amusé sa femme, qui avait répondu:

— Une fois, quand mon mari n'avait pas encore de clientèle.

— Vous voyez! Nous, deux fois. On projette aussi d'aller à l'aventure, bras dessus bras dessous, dans les rues de Paris...

— Le temps, hélas! avait soupiré Pardon.

— Eh! bien, cette fois-ci, je le prends. Qu'est-ce que vous croyez que nous avons fait après-midi? Nous sommes allés par l'autobus jusqu'à la place Saint-Augustin et, merveille des merveilles, l'autobus était presque vide. Il n'y a pas eu un seul embouteillage. Nous avons remonté à pied le boulevard Haussmann...

— Sans vous arrêter?

— Sans nous arrêter.

Maigret avait regardé la maison du docteur Jave, bien sûr. Il y avait, devant la porte cochère bien vernie, un groupe de curieux, un agent en uniforme qui les regardait avec ennui. C'était la première fois que, dans un pareil cas, Maigret se trouvait du côté des badauds et cela l'avait amusé. La maison se trouvait entre un magasin de tapis d'Orient et la vitrine d'une modiste qui devait être très chère car on ne voyait qu'un seul chapeau à l'étalage.

C'était bien l'immeuble bourgeois, cossu, à peine vieillot, qu'il avait imaginé.

Ensuite, ils étaient montés, à pied toujours, jusqu'à la place des Ternes où ils avaient pris un verre à une terrasse avant de revenir par l'avenue de Wagram et les Champs-Élysées comme des provinciaux de passage à Paris.

— C'est magnifique! avait conclu Maigret en composant son étrange menu.

Il avait reçu le premier coup d'œil reconnaissant de sa femme parce que c'était exactement le menu qu'il s'était commandé autrefois. Tout semblait le ravir, la musique, les couples qu'on voyait entrer au bal, les canotiers sur la Marne, la nuit qui les enveloppait peu à peu. On sentait qu'il aurait aimé tomber la veste comme les autres mais n'osait pas, peut-être à cause de Pardon.

Le regard de Mme Maigret à celui-ci signifiait :

— Vous voyez qu'il va mieux!

C'était vrai qu'il était détendu, comme rajeuni. Ce que les autres ignoraient, c'est qu'il s'était fait, au printemps, plus de mauvais sang qu'il n'avait voulu l'avouer et se l'avouer à lui-même. Il lui arrivait de se sentir usé, fatigué pour un rien, et il s'était demandé s'il ne finirait pas comme Bodard.

C'était un de ses collègues, des Renseignements Généraux, un honnête homme, scrupuleux à l'excès, qui s'était trouvé soudain en butte à des attaques injustes. Maigret l'avait défendu de son mieux mais on flairait, derrière cette affaire, des considérations politiques assez malpropres, des gens qui, en haut lieu, avaient besoin de la peau de Bodard pour se blanchir.

Ils avaient réussi. Bodard avait lutté pendant près de six mois, pour son honneur plutôt que pour sa situation, puis, un matin, en montant le grand escalier du Quai des Orfèvres, il s'était affaissé, mort.

C'était peut-être à cause de Bodard que Maigret s'était décidé à prendre des vacances et à s'offrir les petits plaisirs qu'il ne s'offrait jamais.

Comme ce dîner au bord de la Marne. Quand il était allé chercher les Pardon, rue de Picpus, le docteur lui avait seulement annoncé :

— Jave est rentré chez lui.

— Et Négrel ? avait questionné Maigret.

— Je ne sais pas.

C'était drôle d'apprendre les nouvelles par un homme comme Pardon, qui n'était pas du métier. Ils n'en avaient plus parlé pendant le repas. Maintenant qu'on servait le calvados pour les hommes et une liqueur pour les deux femmes, celles-ci naturellement, comme après les dîners de la rue de Picpus, rapprochaient leurs chaises et se mettaient à bavarder à mi-voix.

L'air était doux, humide, avec une légère buée qui montait de la rivière.

Un couple, dans un canot, se laissait glisser au fil de l'eau en jouant des chansons tendres sur un phonographe.

— Tout à l'heure, disait Pardon, j'ai eu Deberlin au téléphone. Il se trouve qu'il a beaucoup connu Philippe Jave, avec qui il a fait l'internat, et qu'il l'a fréquenté jusqu'à ces derniers temps.

— Qu'est-ce qu'il en dit ?

— Jave, paraît-il, appartient à une famille très modeste de Poitiers. Son père était comptable dans une banque et sa mère institutrice. Le père est mort quand il était jeune et c'est la mère qui l'a élevé. Ce n'est que grâce à des bourses qu'il a pu achever ses études et sa vie d'étudiant n'a pas dû être facile.

» D'après Deberlin, Jave est un bûcheur, intelligent, renfermé, doué d'une volonté de fer. On s'attendait à le voir choisir la cardiologie, pour laquelle il était passionné, peut-être parce qu'il a vu son père mourir d'une angine de poitrine.

» Au lieu de cela, il s'est installé dans un cabinet miteux, à Issy-les-Moulineaux, et il a mené la vie éreintante de la plupart des médecins de banlieue, travaillant quatorze à quinze heures par jour.

» Il avait trente-huit ou trente-neuf ans quand il a pris des vacances à Beuzec, près de Concarneau, et où il a fait la connaissance d'Éveline. »

— La demoiselle Le Guérec?

— Oui. Ils sont apparemment tombés amoureux et il l'a épousée. Deberlin a fréquenté le ménage, boulevard Haussmann, où il a émigré presque tout de suite après le mariage. Deberlin a eu l'impression d'un couple uni.

» Éveline est plutôt jolie, mais personne ne se retournerait sur elle dans la rue. Elle a eu, dans la maison de son père, qui était veuf, une enfance sans joie. Elle était timide, effacée, avec ce que Deberlin appelle un pauvre sourire.

» Deberlin est persuadé que quelque chose clochait dans sa santé mais il ignore quoi, car Jave est un garçon discret.

» C'est à peu près tout ce que j'ai appris,

sinon que les Jave ont paru enchanté d'avoir une petite fille.

» Ils sortaient assez souvent, recevaient environ une fois par semaine. Deberlin est à peu près le seul des anciens amis de Philippe à avoir continué à les voir. »

— Comment avez-vous appris qu'il était rentré chez lui ?

— Par la radio, simplement.

Maigret, qui avait la radio aussi, ne pensait jamais à l'écouter.

— A l'émission de sept heures, on a annoncé que l'enquête suivait son cours et que le docteur Jave, fort abattu, était retourné boulevard Haussmann.

Ils étaient là, à la terrasse d'un bistrot de banlieue, à regarder les lumières qui se reflétaient sur la Marne et à siroter un vieux calvados. Que faisait Janvier à la même heure ? Était-il dans son bureau du Quai des Orfèvres, à recueillir des témoignages et à attendre des nouvelles de ses collègues en mission dans Paris et ailleurs ? Faute d'avoir le temps de dîner, avait-il fait monter, selon la tradition, des sandwiches et des demis de la Brasserie Dauphine ?

Pardon dut voir une certaine nostalgie passer sur son visage car il questionna :

— Pas trop tenté ?

Maigret le regarda en face, franchement, réfléchit un instant et dit :

— Non.

C'était vrai. L'affaire du boulevard Haussmann s'annonçait comme une des plus épineuses et des plus passionnantes qu'il eût connues. Le milieu, déjà, la rendait plus délicate qu'une autre. Il est toujours difficile de s'en prendre à des gens d'une certaine société car la moindre gaffe peut avoir des conséquences désagréables. Or, ici, il s'agissait de médecins. Certaines professions gardent, plus que d'autres, l'esprit de corps, les officiers, par exemple, ou les instituteurs, les coloniaux, ou encore, si curieux que cela paraisse, les fonctionnaires des P.T.T.

Janvier, qui poursuivait une enquête officielle, devait avoir plus de mal à se renseigner sur Jave et Négrel que Maigret lui-même, qui profitait de l'amitié de Pardon.

En outre, le pauvre Janvier était tombé sur le juge Coméliau, qui était bien le magistrat le plus désagréable à manier. Coméliau avait la terreur de la presse. Chaque article paraissant sur une affaire dont il était saisi le faisait frémir ou le mettait dans des colères bleues.

— Surtout, rien aux reporters! recommandait-il invariablement.

Par contrecoup, pour éviter les critiques des journaux qui ont tendance à s'impatienter, il avait tendance, lui, à tenir le premier suspect venu pour coupable et à ne pas le relâcher.

Cinquante fois, cent fois dans sa carrière, Maigret lui avait tenu tête, risquant parfois sa situation.

— Qu'est-ce que vous attendez pour l'arrêter? aboyait le petit juge à moustaches pointues.

— Qu'il se mette la corde au cou.

— Ou qu'il passe la frontière, n'est-ce pas? C'est alors que les feuilles de choux s'en donneront à cœur joie...

Janvier n'avait pas la patience de Maigret, son air têtu ou absent quand Coméliau piquait une colère. C'est à cause de Coméliau, le commissaire en était persuadé, que l'inspecteur s'était mis les journaux à dos, dès le début de l'enquête, en refusant les renseignements les plus élémentaires.

— Rien sur Gilbert Négrel?

— Rien de plus que ce que je vous ai déjà dit. C'est un isolé. En dehors du service du professeur Lebier, on le voit peu et je n'ai pas la moindre idée de sa vie personnelle. Il ne doit pas avoir de fortune, puisqu'il n'a pas encore songé à s'installer. A moins qu'il prépare son agrégation et se destine au professorat.

Il aurait été facile de téléphoner au docteur Paul, le médecin légiste, qui était un ami, afin de connaître les résultats de l'autopsie. De quoi Éveline Jave était-elle morte? On ne parlait, dans les journaux, ni de revolver, ni de couteau, ni de strangulation.

Si elle avait succombé à une cause accidentelle, il n'y avait aucune raison pour plier littéralement son corps en deux et le pousser dans un placard.

— Dites-moi Pardon, combien de temps après le décès peut-on ployer un corps?

— Cela dépend de la rigidité cadavérique. Celle-ci dépend à son tour d'un certain nombre d'éléments, y compris la température ambiante. Une heure dans certains cas. Plusieurs heures dans d'autres.

Cela ne l'avançait pas. D'ailleurs, il ne voulait pas se passionner pour l'affaire. Il avait décidé qu'il la suivrait comme, dans toute la France, les lecteurs de journaux devaient le faire au même moment, mais sans plus.

Il n'était qu'un membre du public, pas un policier. La seule chose à le tracasser, c'était la responsabilité qui pesait sur Janvier qui, pour la première fois, avait tout le poids de la P.J. sur les épaules, au moment des vacances, alors que la moitié du personnel au moins n'était pas disponible.

— Ce qu'il faudrait savoir, avant tout, c'est si Jave était à Cannes au moment de la mort de sa femme.

C'était facile à vérifier et Janvier avait dû y penser. Seulement Maigret, lui, ne connaissait rien des résultats de l'enquête.

La réponse, il ne l'eut que le lendemain matin quand, dès huit heures, il descendit acheter les journaux. Les Pardon les avaient ramenés à leur porte vers minuit. Tout en se déshabillant, un peu plus tard, Mme Maigret avait murmuré :

— Tu me promets de ne pas aller au bureau ?

— Je le jure.

— Tu vas déjà tellement mieux, vois-tu ! Après trois jours de repos, tu es un autre homme. Si, à cause d'une femme morte, tu dois perdre le bénéfice de tes vacances...

— Je ne le perdrai pas.

Elle fut rassurée de le voir ouvrir le buffet et y prendre la bouteille de calvados.

— Une dernière goutte... murmura-t-il.

Il ne buvait pas parce qu'il était nerveux, ou découragé, ni pour se remonter, mais au contraire, ce soir, parce qu'il se sentait détendu. C'était la dernière petite joie de la journée.

Seulement, le matin, il n'attendit pas, à la fenêtre, que sa femme fasse le lit, pour descendre chercher les journaux. Ce n'était pas manquer à sa parole. Il ne s'occupait pas de l'affaire. Il la suivait, comme les autres lecteurs, ce qui n'est pas la même chose.

Les titres étaient encore plus gras que la veille et le plus frappant était :

LE DILEMME DES DEUX DOCTEURS

Une feuille concurrente imprimait plus prudemment :

LE MYSTÈRE DES QUATRE CLEFS

Il est vrai que cela revenait à peu près au même. La police, semblait-il, s'était quelque peu relâchée de son mutisme, car on fournissait enfin des renseignements qui ne pouvaient provenir que du Quai des Orfèvres ou du cabinet du juge d'instruction.

D'abord un résumé, très incomplet, du rapport du médecin légiste.

L'autopsie pratiquée par le docteur Paul a révélé que l'ecchymose dont nous avons déjà parlé hier, à la tempe droite de la victime, est la suite d'un coup reçu assez peu de temps avant la mort mais ce coup n'a pas été assez violent pour provoquer le décès. Il n'a pas été porté à l'aide d'un instrument contondant. Il pourrait s'agir d'une simple chute sur le parquet ou d'un coup de poing.

Beaucoup plus énigmatique est la piqûre à la cuisse gauche d'Éveline Jave, car il ne fait aucun doute qu'elle provienne d'une seringue hypodermique.

Quel produit a été injecté ? On ne le saura qu'après examen des viscères et des tissus par les experts.

La victime n'était pas une toxicomane et ne se piquait pas elle-même car, dans ce cas, on aurait relevé des traces de piqûres plus anciennes. Son mari, en outre, est formel sur ce point...

Maigret s'était installé à la même terrasse que la veille, place de la République, et le ciel était du même bleu uni, l'atmosphère molle et chaude.

A cause du vin et des calvados de la veille au soir, il avait commandé un café et il fumait lentement sa pipe en lisant les trois colonnes d'informations plus ou moins sensationnelles.

Le coup de théâtre, c'était l'absence de Jave à Cannes le samedi précédent et son retour dans la même ville, par le train Bleu, le dimanche matin.

On ne donnait pas le compte rendu de l'interrogatoire du médecin. Pour Maigret, qui était de la maison et savait comment les journaux interprètent les informations, il était clair qu'il y avait eu cafouillage.

Au début, Jave semblait avoir parlé d'une

promenade faite en voiture, à Monte-Carlo, le samedi après-midi, et d'une nuit passée au casino de la même ville.

Par malheur pour lui, des employés de l'aéroport de Nice avaient remarqué sa voiture qui était restée en stationnement du samedi midi au dimanche à dix heures du matin.

En somme, Janvier avait bien travaillé. Maigret imaginait le nombre de coups de téléphone nécessaire pour reconstituer la chaîne.

Le samedi, à 9 h 15, Éveline Jave arrivait en taxi à l'aéroport et s'envolait pour Paris.

Une heure à peine plus tard, son mari gagnait le même aéroport, dans sa voiture, et s'informait d'un avion. Il n'y en avait pas avant midi.

Le hasard voulut qu'un *Viscount*, de la British Airways, qui avait été retardé par une panne de moteur, fût prêt à partir pour Londres. Il s'y était embarqué et, de Londres, avait trouvé immédiatement un avion pour Paris où il était arrivé à deux heures de l'après-midi.

La concierge du boulevard Haussmann, pourtant, restait formelle. Elle ne l'avait pas vu, pas plus qu'elle n'avait vu sa femme.

Cette concierge était une certaine Mme Dubois, que le reporter décrivait comme encore jeune et avenante, et qui avait un fils de dix ans. Son mari l'avait quittée quelques jours après la naissance de l'enfant et elle n'avait jamais eu de ses nouvelles.

Elle avait, ajoutait-on, passé deux heures

Quai des Orfèvres et, en sortant, s'était refusée à toute déclaration.

On publiait sa photographie, mais il était difficile d'apprécier son visage qu'elle cachait de son avant-bras droit.

Maigret connaissait les immeubles du boulevard Haussmann, qui, bâtis à une même époque, sont d'un type assez semblable. Les loges de concierges y sont spacieuses, précédées d'une sorte de salon, et une double porte vitrée permet de surveiller les allées et venues.

Mme Dubois avait vu Josépha, la domestique, arriver à huit heures du matin. Elle avait vu passer le docteur Négrel à neuf heures. Elle l'avait vu redescendre à midi dix, remonter à deux heures et enfin partir à cinq heures et demie.

Étrangement, elle n'avait aperçu ni le docteur Jave, ni sa femme.

Or, celle-ci avait bien dû pénétrer dans la maison, puisqu'on l'y avait trouvée morte.

Toujours d'après le journal, Jave, mis au pied du mur, avait refusé de fournir son emploi du temps à Paris pendant l'après-midi du samedi et s'était retranché derrière le secret professionnel.

On l'avait relâché. On avait relâché le docteur Négrel aussi, aux dernières nouvelles, ce qui avait dû être un affreux cas de conscience pour le juge Coméliau.

En arrivant à l'aéroport d'Orly, à 11 h 15, Mme Jave avait pris le car d'Air France qui l'avait déposée boulevard des Capucines. Le chauffeur se souvenait d'elle, car elle portait un tailleur blanc très Côte d'Azur qui l'avait frappé.

Le tailleur blanc avait disparu, ainsi que les chaussures assorties et le linge.

A partir du boulevard des Capucines, on ne retrouvait plus aucune trace de la jeune femme jusqu'au moment où le serrurier avait ouvert la porte du placard, le lundi à neuf heures du matin, en présence de Josépha et de Négrel.

La question des clefs ne simplifiait pas le problème. Toujours d'après les quotidiens, il existait quatre clefs, qui ouvraient à la fois la porte de l'appartement d'habitation et celle des locaux réservés au docteur. Une de ces clefs était entre les mains de Josépha, une autre entre les mains du docteur Négrel pour la durée de son remplacement. Jave avait la troisième et, enfin, la quatrième avait été confiée à la concierge.

Éveline Jave, elle, ne possédait aucune clef du boulevard Haussmann.

Cela signifiait que quelqu'un avait dû lui ouvrir la porte. A moins, bien entendu, que la concierge ait menti et lui ait confié la sienne.

Si encore le docteur Paul avait pu être plus précis sur l'heure de la mort! Son rapport disait : « *Samedi entre quatre heures de l'après-midi et dix heures du soir.* »

A quatre heures, Négrel était encore boulevard Haussmann, ainsi que Josépha. Négrel était parti à cinq heures et demie, Josépha vers six heures, car elle n'avait rien à faire et devait dîner avec sa fille.

Jave, lui, était à Paris depuis deux heures

de l'après-midi, mais avait pris le train Bleu à huit heures moins cinq à la gare de Lyon.

Le journal publiait une photographie de Josépha surprise au moment où elle sortait de chez sa fille, rue Washington. C'était une grande femme sèche, aux allures un peu masculines. Le reporter laissait entendre que la fille, Antoinette, âgée de vingt-neuf ans, n'était pas de conduite irréprochable.

La mère et la fille n'en passaient pas moins pour entretenir d'excellentes relations. Josépha avait sa chambre boulevard Haussmann, au sixième, avec les autres domestiques de l'immeuble mais aussi souvent que possible elle allait passer la nuit chez sa fille, où elle disposait d'un lit. C'était arrivé le samedi soir, et encore le dimanche.

Quand le photographe l'avait surprise, elle ne s'était pas caché le visage, comme la concierge, mais avait fixé l'appareil d'un air de défi.

La nurse, à Cannes, continuait à vivre enfermée dans la villa Marie-Thérèse avec l'enfant et c'est en vain que les reporters locaux avaient sonné à la porte.

Dernière nouvelle, au bas de la troisième colonne; Yves Le Guérec, le frère d'Éveline Jave, qui dirigeait l'usine de Concarneau, était arrivé à Paris et s'était installé à l'*Hôtel Scribe*.

Maigret finit son café, hésita à prendre autre chose, replia ses journaux et se mit à marcher autour de la place.

En général, une affaire criminelle en rappelle une ou plusieurs autres, car les raisons de tuer, comme les moyens d'exécution ne sont pas si nombreux.

Or, il cherchait en vain dans sa mémoire un cas similaire. Il avait connu quatre ou cinq médecins criminels. L'un d'eux, à Toulouse, une quinzaine d'années auparavant, avait tué une de ses clientes en lui administrant une dose volontairement mortelle d'un médicament toxique. Ce n'est que trois ans plus tard, par hasard, qu'on avait appris qu'il devait de fortes sommes à cette cliente et n'avait trouvé que ce moyen de se débarrasser de sa dette.

Un autre, vers la même époque, dans le Massif Central, s'était servi d'une seringue hypodermique, injectant une substance différente de celle qu'il avait prescrite. Il avait prétendu ensuite que c'était une erreur involontaire et il avait bénéficié du doute, car il n'était pas impossible qu'après une journée de visites harassantes, il se soit trompé d'ampoule, d'autant plus qu'il régnait une demi-obscurité dans la chambre du malade.

Jusqu'ici, Éveline Jave semblait avoir été tuée de la même manière.

La différence avec les cas précédents, c'est que, dans le sien, il n'y avait pas un médecin, mais deux.

Son mari avait-il intérêt à la supprimer? Elle était riche. C'est grâce à son mariage qu'il avait pu quitter la banlieue où il menait une vie dure et sans joie pour devenir un médecin mondain de la capitale.

Entretenait-il une liaison? Envisageait-il de fonder un nouveau foyer? Ou bien sa femme, ayant découvert quelque infidélité, le menaçait-elle de divorce ?

Tout était possible.

Même un drame de la jalousie. Nul ne savait dans quelles circonstances Éveline avait quitté Cannes le samedi matin. Qu'avait-elle dit à son mari ? Étaient-ils d'accord sur ce voyage ? Et, si oui, Jave ne la soupçonnait-il pas d'avoir un autre but que le but avoué ?

Un fait certain, c'est qu'il l'avait suivie par les moyens les plus rapides et qu'il était à Paris peu de temps après elle.

Éveline Jave était-elle la maîtresse du jeune Négrel ? L'était-elle depuis longtemps ? Était-ce elle qui avait suggéré à son mari de le prendre comme remplaçant pendant les vacances ?

Négrel aussi pouvait avoir des raisons de se débarrasser d'elle. Par exemple, s'il avait d'autres projets matrimoniaux et si elle, de son côté, insistait pour quitter son mari afin de l'épouser.

Ou encore...

Maigret n'avait pas repris le chemin du boulevard Richard-Lenoir mais suivait les Grands Boulevards, qu'il avait rarement vus si déserts. Près de la porte Saint-Denis, il entra dans une brasserie, s'assit à l'intérieur, commanda un demi et de quoi écrire.

Puisqu'il faisait maintenant partie du gros public, il allait jouer le jeu jusqu'au bout et il avait un sourire ironique aux lèvres en écrivant, en caractères d'imprimerie :

MAIS POURQUOI DIABLE ETAIT-ELLE NUE ?

Sur l'enveloppe, il mit le nom de Janvier et l'adresse du Quai des Orfèvres. Il ne signa pas, bien entendu. Il est rare que les gens qui donnent des avis à la police signent leurs messages. Il imaginait la tête de Moers, au laboratoire, si on lui demandait de rechercher les empreintes digitales, car il possédait celles du commissaire.

Mais il s'agissait d'une lettre trop anodine pour que Janvier l'ordonne. Plus probablement, il hausserait les épaules.

Ce n'en était pas moins, peut-être, le nœud de la question. Ou bien la jeune femme s'était déshabillée elle-même, ou bien on l'avait dévêtue après sa mort.

Puisque le corps ne portait pas de blessure, les vêtements n'étaient pas tachés de sang et, dès lors, Maigret ne voyait aucune raison valable pour la dévêtir.

D'autre part, quelle raison aurait-elle eu elle-même pour se mettre entièrement nue entre quatre heures de l'après-midi et dix heures du soir ? Changer de vêtements ? Elle l'aurait fait dans l'appartement qui se trouvait de l'autre côté du palier, où elle avait sa chambre et ses affaires.

Ce n'était pas pour prendre un bain non plus. Un des journaux publiait un plan détaillé des locaux.

L'appartement de droite comportait une entrée, un grand salon, un salon plus petit qu'on appelait boudoir, trois chambres, une salle à manger, une cuisine et une salle de bains.

Celui de gauche, réservé aux activités médicales de Jave, était à peu près conçu sur le même plan, mais les pièces y avaient reçu une destination différente.

Sans doute était-ce une des plus luxueuses installations médicales de Paris ? Le salon devenait la salle d'attente, meublé, disait le journal, en pur style empire. Le boudoir, empire aussi, était le bureau de Jave, celui où il questionnait ses clients avant de passer dans une autre pièce pour les examiner.

Après cette pièce de consultation, correspondant à une des chambres d'en face, en venait une autre réservée pour les examens radiologiques et pour certaines interventions.

Le laboratoire, enfin, entouré de placards depuis le plancher jusqu'au plafond. La salle de bains, désaffectée, servait de remise pour les malles et les valises du ménages et dans la cuisine, on rangeait les instruments de nettoyage ainsi que les objets qu'on ne savait où mettre.

Il restait une chambre, avec un lit et les meubles habituels de chambre à coucher, qui servait, paraît-il, lorsque les Jave recevaient un ami de passage et où il arrivait au docteur, lorsqu'il était surmené, de faire une courte sieste.

On ne signalait pas que le lit ait été trouvé défait. A supposer qu'Éveline ait été tuée dans l'appartement d'en face, pourquoi aurait-on pris le risque de traverser le palier avec le corps alors qu'il y avait, là aussi, des placards où le cacher ?

Pourquoi emporter ses vêtements ?

Le meurtrier avait-il l'intention, par exemple, de venir rechercher le cadavre pour le jeter dans la Seine ou dans quelque bois des environs de Paris ?

Cela amenait une nouvelle question. Jave était venu de Cannes sans sa voiture, qu'il avait laissée à l'aéroport de Nice.

Négrel possédait-il une auto ?

Les journaux étaient muets sur ce point.

Si l'assassin avait eu l'intention de faire disparaître le corps, il y avait des chances pour qu'il dispose d'un véhicule...

Maigret s'était remis en marche et s'arrêtait machinalement devant les vitrines familières, car c'était au cinéma d'en face qu'il venait le plus souvent avec sa femme.

Devant une bijouterie, il se vit dans un miroir, les sourcils froncés, l'air presque farouche à force de réfléchir et se moqua de lui-même.

Tout cela, en effet, ne signifiait rien. Il bâtissait sur le vide. Il se rendait compte, tout à coup, de la mentalité du public qui ne connaît les affaires criminelles qu'à travers les récits des journaux.

L'histoire du véhicule était fausse. Trois fois au moins dans sa carrière n'avait-il pas vu des assassins — dont une femme — emporter leur victime en taxi jusqu'à une consigne de gare ? Il suffit d'une malle assez grande, ou d'un panier d'osier comme il en existe partout dans le commerce.

Dans le cas présent, n'avait-on pas eu l'intention de défigurer la morte avant ce dernier voyage afin de la rendre méconnaissable et d'éviter son identification ?

S'il s'agissait de Négrel, pourquoi n'était-il pas revenu le dimanche terminer cette besogne, alors que le champ était libre, puisque Josépha était chez sa fille ?

A cela aussi il y avait une réponse : le dimanche, il n'avait aucune raison de se rendre boulevard Haussmann et la concierge ne manquerait pas de remarquer son passage sous la voûte, surtout s'il sortait ensuite avec une lourde malle.

— Tu as l'air de bonne humeur, lui lança sa femme quand elle lui ouvrit la porte de l'appartement.

C'est parce qu'il s'amusait de lui-même. Il était en train de jouer les détectives amateurs, lui qui s'était moqué d'eux. Là-bas, au Quai, ils travaillaient sur des données précises et, lorsqu'une hypothèse se présentait, ils avaient les moyens de la contrôler.

Mme Maigret était presque prête. Il ne lui manquait que son chapeau et ses gants, car il avait décidé de l'emmener déjeuner dans un restaurant italien du boulevard de Clichy.

Dans ce domaine-là, il n'improvisait pas, si étrange que cela paraisse. S'il n'avait pas un plan précis pour l'utilisation de ses journées, s'il se laissait aller à une certaine fantaisie, il n'en suivait pas moins une idée de base.

Comme il l'avait avoué la veille à son ami Pardon, il satisfaisait de menues envies que son travail quotidien ne lui permettait jamais de réaliser.

Ainsi, il était retourné chez le Père Jules, où il avait mangé de la friture de goujons et de l'andouillette grillée. Ce n'était peut-être pas aussi bon que vingt ans auparavant, mais il avait été content.

Il était satisfait aussi, le matin, de suivre, de sa fenêtre, les allées et venues du boulevard Richard-Lenoir et les camions qui entraient chez Catoire et Potut et ceux qui en sortaient.

Le restaurant italien du boulevard de Clichy, où il conduisait sa femme, lui était inconnu. Il n'y avait jamais mis les pieds mais, en passant devant, plusieurs fois, et en jetant un coup d'œil dans la pénombre, il s'était dit qu'il serait agréable d'y manger un spaghetti.

Il y avait une autre chose qu'il ferait, mais il n'en parlerait pas à sa femme, par crainte qu'elle se moque de lui. Peut-être serait-il forcé de choisir un endroit peu fréquenté, la place des Vosges, par exemple, ou bien le Parc Montsouris ?

Il avait envie de s'asseoir sur un banc et d'y rester longtemps, paisible, sans penser à rien, à fumer sa pipe en regardant jouer les enfants.

— Tu es prêt ? demanda Mme Maigret en se gantant de fil blanc.

Elle était parfumée, comme le dimanche et comme les soirs de cinéma, et portait une robe à fleurs.

— Dans un instant.

Il ne lui restait qu'à découper les articles des journaux du matin et à les glisser dans le dossier jaune.

Après le déjeuner, ils monteraient lentement jusqu'au Sacré-Cœur, comme des touristes, et, le long de la rue Lepic, Mme Maigret s'arrêterait de temps en temps pour souffler.

3

L'OPINION DES AMOUREUX

ILS AVAIENT CHOISI un parasol rayé blanc et bleu. Car trois cafés se disputaient la place du Tertre et, chacun poussant sa terrasse le plus loin possible, les parasols devenaient comme des drapeaux : les orangés, les bleus sombres et les rayés blanc et bleu. Les chaises de fer étaient les mêmes, les tables aussi, et sans doute le vin gris qu'on servait dans des pichets. C'était comme une fête sans fin, avec des cars qui débouchaient d'une ruelle dont ils semblaient écarter les murs, des touristes armés d'appareils photographiques, des peintres — surtout des femmes — devant leur chevalet. Il y avait même un mangeur de feu qui, par surcroît, avalait des sabres.

Ici aussi, il arrivait à Maigret et à sa femme d'échanger un coup d'œil. Ils ne parlaient jamais beaucoup quand ils étaient tous les deux. Et dans les regards qu'ils échangeaient aujourd'hui, par exemple, il y avait de la nostalgie et de la reconnaissance.

Ce n'était plus la place du Tertre qu'ils avaient connue quand Maigret débutait comme secrétaire d'un commissariat de police, certes, mais c'était amusant quand même, c'était maintenant une foire colorée, bruyante, d'une vulgarité plus agressive. N'avaient-ils pas changé, eux aussi ? Pourquoi exiger que le reste du monde demeure immobile alors que nous vieillissons ?

C'était cela, ou à peu près, qu'ils se disaient d'un battement de paupières, et ils se disaient aussi merci.

Le vin gris était frais, un peu acide. La chaise pliante grinçait sous le poids du commissaire, qui avait l'habitude de se renverser en arrière. A côté d'eux, des amoureux, qui n'avaient pas quarante ans à eux deux, se tenaient la main et regardaient en silence le va-et-vient des touristes. Le garçon avait les cheveux trop longs ; la fille les avait trop courts. Les maisons avaient été repeintes comme un décor d'opéra-comique. Le guide d'un des cars, le mégaphone devant la bouche expliquait quelque chose en anglais, puis en allemand.

C'est à ce moment-là qu'un crieur de journaux fit irruption, lançant lui aussi des mots confus où l'on distinguait seulement :

— ... *révélations sensationnelles...*

Maigret tendit le bras, fit claquer ses doigts comme à l'école. Il acheta les deux journaux concurrents de l'après-midi et les amoureux, à côté, se contentèrent d'en acheter un.

Il garda pour lui celui auquel collaborait

le petit Lassagne, passa l'autre à sa femme.

On publiait, en première page, une grande photographie de jeune fille en maillot de bain appuyée à une barque. La jeune fille avait les jambes et les cuisses maigres, deux petits seins pointus, peu formés. Elle souriait à l'objectif d'un sourire maladroit et timide.

Pourquoi avait-on l'impression que c'était une victime désignée du sort ? Le cliché était flou. Le journal avait agrandi un instantané pris sur une plage dans une mauvaise lumière.

« *Éveline Jave* » lisait-on comme légende « *photographiée par son frère l'année où elle a connu le docteur Jave.* »

Une demoiselle de province, sage et mélancolique, qui avait dû vivre dans une maison sévère et qui aspirait à une autre existence.

C'était Yves Le Guérec, expliquait-on plus loin, qui avait confié le document au petit Lassagne.

LE DOCTEUR NÉGREL NOUS PARLE

Ainsi donc, un des deux hommes avait accepté de recevoir, sinon les journalistes, tout au moins l'un d'entre eux. Lassagne, maigre et roux, vif comme un singe, avait dû passer des heures trépidantes et Maigret l'imaginait, rentrant au journal et se précipitant vers sa table pour y rédiger son papier que les garçons de bureau emportaient morceau par morceau à la composition.

Si ce n'était pas sensationnel, comme le crieur de journaux l'affirmait, s'il ne s'agissait pas à proprement parler de révélations, le texte n'en était pas moins intéressant.

Lassagne, comme d'habitude, plantait d'abord son décor.

C'est dans son logement de la rue des Saints-Pères, dans un vieil immeuble à deux pas de Saint-Germain-des-Prés, que le docteur Négrel a bien voulu nous accorder une interview exclusive.

La maison, qui a été autrefois un hôtel particulier, a conservé à son fronton les armoiries d'une illustre famille française mais il y a longtemps que les locaux, délabrés, sont occupés par de nombreuses familles.

La cour est encombrée de vélomoteurs, de bicyclettes et de voitures d'enfants. Un menuisier a son atelier au rez-de-chaussée et les marches de l'escalier, à la glorieuse rampe de fer forgé, sont usées.

Nous sommes montés ainsi au quatrième étage, mansardé, qui servait autrefois au personnel et, au fond d'un couloir obscur, nous avons frappé à une porte sur laquelle une simple carte de visite est fixée par une punaise.

Nous avions rendez-vous. La porte ouverte, nous avons trouvé un homme jeune, aux cheveux bruns, au teint mat, qui pourrait jouer les jeunes premiers dans un film.

Le docteur Négrel, comme il devait nous l'apprendre un peu plus tard, est du Midi de la France, de Nîmes, où sa famille est fixée depuis de nombreuses générations. Cette famille a eu des hauts et des bas. Un Négrel a été médecin de marine sous Napoléon. Un autre était procureur sous Louis-Philippe.

Le père du docteur Négrel, qui vit encore, est photographe, et le docteur a fait ses études à l'Université de Montpellier.

Le docteur...

Maigret interrompit sa lecture pour tendre

l'oreille. Les deux amoureux, à la table voisine, lisaient le même journal, à peu près en même temps que lui, et la jeune fille murmurait :

— Qu'est-ce que je te disais ?

— Quoi ?

— C'est une histoire d'amour.

— Laisse-moi lire la suite.

Maigret sourit vaguement et poursuivit sa lecture, lui aussi.

Le docteur, malgré son physique avantageux, nous est apparu comme un homme simple et grave que les événements des derniers jours paraissent avoir profondément affecté.

Son logement est resté celui d'un étudiant plutôt que d'un médecin dont on peut dire que la carrière s'annonçait brillante. Il nous a reçu dans une pièce qui sert à la fois de cabinet de travail, de salon, de salle à manger. Par les portes ouvertes, nous avons entrevu une chambre sans luxe et une cuisine minuscule.

— Je ne comprends rien à ce qui est arrivé, nous a d'abord déclaré Négrel en s'asseyant sur le rebord de la fenêtre, après nous avoir désigné un antique fauteuil en peluche rouge. La police, puis le juge d'instruction, m'ont longuement interrogé, me posant des questions auxquelles il m'a été impossible de répondre. On semble me soupçonner d'avoir tué Mme Jave. Mais pourquoi, oui, pourquoi aurais-je fait ça ?

D'épais sourcils qui se rejoignent donnent plus de profondeur à son regard. Sur la table traînaient les restes d'un repas froid que la concierge a dû aller acheter dans le quartier. Il n'était pas rasé, ne portait ni cravate, ni veston.

Nous lui avons demandé :

— Me permettez-vous de vous poser à mon tour, pour nos lecteurs, un certain nombre de questions ?

— J'y répondrai de mon mieux.

— Même si ces questions sont indiscrètes ?

Il fit un geste vague, en homme à qui on a déjà posé les questions les plus indiscrètes.

— Tout d'abord, depuis combien de temps connaissez-vous les Jave ?

— Je connais le docteur Jave depuis trois ans. « Là-bas » aussi, on m'a demandé ça.

— Où l'avez-vous rencontré ?

— Dans le service de mon patron, le professeur Lebier dont je suis l'assistant. Jave nous amène parfois des patients en consultation et, un jour que j'étais pressé de me rendre dans le centre de la ville, il m'a conduit dans sa voiture.

— Vous êtes devenus amis ?

— Il m'a dit qu'un jour ou l'autre il aimerait que j'aille dîner chez lui.

— Vous y êtes allé ?

— Six mois plus tard, par hasard. A la fin d'une consultation avec le même professeur Lebier, il m'a demandé si j'étais libre le soir même, car il avait à dîner des gens intéressants et je me suis rendu boulevard Haussmann.

— C'est à cette occasion que vous avez fait la connaissance de Mme Jave ?

— Oui.

— Quelle impression vous a-t-elle produite ?

— J'étais le moins important des invités et me trouvais donc en bout de table. Je n'ai guère eu l'occasion de m'entretenir avec elle.

— Avait-elle l'air d'une femme heureuse ?

— Ni heureuse, ni malheureuse. Elle se comportait en maîtresse de maison.

— Vous êtes retourné souvent, comme invité, boulevard Haussmann ?

— Assez souvent.

— D'après vos confrères, vous sortez peu et dînez rarement en ville.

A ce point de notre entretien, Négrel a paru quelque peu embarrassé. Puis il a fini par sourire.

— Les Jave, a-t-il expliqué, recevaient beaucoup, une fois par semaine au moins, et ils avaient toujours une quinzaine de personnes.

« Parfois, il y avait une femme en trop, ou une

jeune fille, et on me téléphonait à la dernière minute pour servir en quelque sorte de bouche-trou.

— Pourquoi acceptiez-vous ?

— Parce qu'ils étaient sympathiques.

— Tous les deux ?

— Tous les deux, oui.

— Que pensez-vous de Jave ?

— Que c'est un excellent praticien.

— Comme homme ?

— Je l'ai toujours considéré comme un honnête homme et même comme un homme scrupuleux.

— Vous ne devez pourtant pas aimer les médecins mondains.

— Ce n'était pas seulement un médecin mondain.

— Vous êtes devenu peu à peu l'ami du ménage ?

— Ami est un grand mot. Malgré la différence d'âge entre Philippe et moi, nous étions bons camarades.

— Vous vous tutoyez ?

— Je tutoie peu de gens. Cela tient peut-être à l'atmosphère protestante de Nîmes, où je suis né et où j'ai passé ma jeunesse.

— Vous ne tutoyiez pas Éveline Jave non plus ?

— Non.

Un non assez sec.

— Quels étaient vos rapports avec elle ?

— Corrects. Je pourrais dire amicaux.

— Elle vous faisait des confidences ?

— Elle m'a seulement dit, ce que je savais par son mari, qu'elle n'avait jamais eu une vie comme une autre femme.

— Pour quelle raison ?

— A cause de sa santé.

— Elle était mal portante ?

— Je ne crois trahir aucun secret, puisque je n'étais pas son médecin, en disant qu'elle était atteinte du mal de Stoker-Adams. C'est ce qu'on appelle plus couramment un pouls-lent permanent. Son cœur, depuis son enfance, battait non à soixante-dix pulsations, comme c'est à peu près la norme, mais à quarante ou quarante-cinq.

— Quels sont les effets de cette maladie ?

— Le malade vit apparemment la même existence que les autres. Seulement, il risque à tout moment une syncope, ou des convulsions, voire la mort subite.

— Elle le savait?

— Depuis l'âge de douze ans. Après une consultation avec un grand spécialiste, elle avait écouté à la porte et tout entendu.

— Elle en était effrayée?

— Non. Résignée.

— Elle était gaie quand même.

— D'une gaieté un peu feutrée, si je puis ainsi m'exprimer. On aurait dit qu'elle craignait toujours, par trop d'exubérance, de provoquer la crise.

— Elle n'a pas craint d'avoir un enfant?

— Non. Elle était contente, au contraire, de laisser quelque chose après elle, même si cela devait lui coûter la vie.

— Elle était amoureuse de son mari?

— Je suppose, puisqu'elle l'a épousé.

— Il était amoureux d'elle?

— Je l'ai toujours vu très attentif.

— Vous est-il arrivé de la rencontrer en particulier, je veux dire en l'absence de son mari?

Un silence. Un pli sur le front du jeune médecin.

— Oui et non. Je ne suis jamais allé la voir personnellement. Parfois, alors que je me trouvais boulevard Haussmann, Jave a été appelé d'urgence chez un malade.

— Et, dans ces occasions-là, elle n'a jamais tenté de vous faire des confidences?

— Non. Pas ce qu'on appelle des confidences.

— De vous parler de sa vie?

— Comme chacun parle de son passé, de son enfance.

— Vous êtes donc devenus bons amis?

— Si vous l'entendez comme ça.

— Elle n'est jamais venue ici, dans ce logement? Nouveau silence.

— Pourquoi me demandez-vous ça?

— Je vous réponds franchement. Votre concierge,

à qui j'ai montré la photographie d'Éveline Jave, prétend l'avoir vue au moins deux fois monter chez vous, la seconde il y a six semaines.

— La concierge ment ou s'est trompée sur la personne.

A la table voisine, la jeune fille disait :

— Qui crois-tu, toi? La concierge ou le docteur?

Ils lisaient au même rythme. L'amoureux répondait :

— Les concierges sont toutes des chipies, mais le docteur n'a pas l'air d'être dans son assiette.

— Je t'ai dit que c'est une histoire d'amour...

Mme Maigret, qui avait déjà fini l'article, sans doute plus court, de l'autre journal, le tenait sur ses genoux et regardait rêveusement les allées et venues des touristes.

Maigret oubliait le rôle qu'il jouait à la P.J., le métier qui avait été le sien toute sa vie et se surprenait à lire le journal comme n'importe qui dans la rue. Du coup, il faisait une petite découverte qui le ravissait.

Les moralistes, d'habitude, ceux qui se mêlent de donner des leçons à leurs semblables, prétendent que c'est un goût malsain, voire un instinct pervers qui pousse les lecteurs à se jeter sur les récits de crimes et de catastrophes.

Sans y avoir beaucoup réfléchi, le commissaire, la veille encore, aurait été tenté de partager leur avis.

Il se rendait compte, soudain, que ce n'était pas si clair que ça, et les réflexions de sa jeune voisine étaient pour quelque chose dans sa nouvelle opinion.

Les lecteurs ne se jettent-ils pas avec la même fièvre sur les récits d'actes héroïques ou exceptionnels ? Vit-on jamais foule aussi dense et passionnée, sur les Grands Boulevards, en pleine nuit pourtant, que lors de l'arrivée de Lindbergh ?

Ce que les gens cherchent, n'est-ce pas d'apprendre jusqu'où l'homme peut aller, dans le bien comme dans le mal ?

La curiosité de la jeune fille, à la table d'à-côté, ne venait-elle pas de ce que, amoureuse novice, elle voulait connaître les limites de l'amour ?

Elle espérait que le journal, que la suite de l'enquête sur la morte du boulevard Haussmann allaient les lui enseigner.

Lassagne continuait, tirant le maximum de son exclusivité :

Nous lui demandons alors :

— Vous recevez beaucoup de femmes, monsieur Négrel ?

— Il m'est arrivé, jadis d'en recevoir.

— Qu'entendez-vous par jadis ?

Pendant tout notre entretien, il ne cessait de fumer des cigarettes qu'il écrasait ensuite sur le rebord de la fenêtre ouverte.

— Depuis un an, je suis fiancé. La police le sait. Elle a déjà dû interroger la jeune fille et c'est pourquoi il est inutile d'en faire un mystère.

— On peut connaître son nom ?

— On vous le dira sans doute au Quai des Orfèvres. Ce n'est pas mon rôle.

— C'est une jeune fille qui vit avec ses parents ?

— Oui.

— Elle travaille ?

— Oui.

— Elle appartient à la bourgeoisie?

— Son père est un avocat connu.

— Et elle venait vous voir chez vous?

Silence.

— Je vais me montrer plus indiscret et je vous demande de m'en excuser. Avez-vous, docteur, à un moment donné, été l'amant de Mme Jave?

— On m'a déjà posé la question.

— Qu'avez-vous répondu?

— Non.

— Vous n'en avez jamais été amoureux non plus?

— Jamais.

— Elle ne l'a pas été de vous?

— Elle n'a rien fait, ni dit, qui puisse me le faire penser.

— Vous ne l'avez pas vue, samedi dernier?

— Non.

— Vous n'avez pas vu Jave?

— Ni elle, ni lui. J'ai reçu cinq patients dans l'après-midi et on a retrouvé leurs fiches dans le bureau. Je suis parti à cinq heures et demie, après avoir dit au revoir à Josépha et lui avoir recommandé de fermer les fenêtres.

— Qui a eu l'idée du remplacement que vous faisiez cet été?

— Le docteur Jave.

— Comment s'y prenait-il les autres années?

— Il employait un de mes confrères, le docteur Brisson, qui, l'hiver dernier, a ouvert un cabinet à Amiens et qui, de ce fait, n'est plus disponible.

— Une dernière question. Considérez-vous Josépha comme particulièrement dévouée à ses maîtres?

— Je ne m'en suis pas préoccupé.

— Vous venez de vivre plusieurs semaines avec elle. Vous avez eu de fréquents contacts. Est-ce la femme à commettre un faux témoignage dans l'intérêt de l'un ou l'autre de ses patrons?

— Je vous répète que je n'en sais rien.

Lassagne concluait:

Nous avons quitté ainsi un homme dont l'hon-

63

neur, l'avenir et même la vie sont en jeu. Il en est conscient. Coupable ou innocent, il connaît le poids des mots et les menaces qui pèsent sur lui. Il nous apparaît comme décidé à se défendre, calmement, sans fièvre ni colère, et le dernier regard qu'il nous a lancé au-dessus de l'escalier était chargé d'amertume.

— Voilà comment je crois que ça s'est passé, disait la jeune fille de la table voisine. Ils étaient amants, le jeune docteur et elle. La concierge n'a aucune raison de mentir et je suis persuadée qu'elle l'a vraiment reconnue. Son mari est plus âgé qu'elle. Il la traitait en petite fille, et les femmes n'aiment pas ça. Négrel, au contraire, est beau garçon, avec des yeux tendres...

Maigret sourit autour de sa pipe. Où avait-elle pris les yeux tendres ? Était-ce parce que le journal parlait de sourcils épais ?

— J'en suis sûre, que c'est un passionné. Dans toutes ses réponses, on sent qu'il se contient. Remarque aussi sa façon d'écraser ses cigarettes sur le rebord de la fenêtre.

— Cela ne signifie rien.

— Cela signifie qu'il bouillait en dedans tout en s'efforçant de se montrer calme. Elle a été obligée d'aller à Cannes avec son mari et sa fille. Je parie que c'est elle qui a suggéré l'idée du remplacement. Comme ça, Négrel passant une partie de son temps boulevard Haussmann, il restait un lien entre eux.

— Tu as de l'imagination.

Maigret était en train de penser, lui, que ce couple-là ne ferait pas long feu. Le garçon était blond et paraissait sérieux. Le corps souple de la jeune fille se collait à lui comme pour l'entortiller et il en montrait une certaine gêne, avait l'air de s'excuser auprès des gens qui les entouraient.

— Ne parle pas si fort.

— Je ne dis rien de mal. Après un mois de séparation, elle n'a pu tenir et elle a pris l'avion avec l'idée de retourner à Cannes par l'avion du soir. Elle a dû raconter à son mari qu'elle allait voir une amie sur la Côte. Lui, qui se doutait de quelque chose, l'a suivie.

» L'après-midi, il les a surpris ensemble, dans la chambre derrière le cabinet de consultation. Il a laissé partir Négrel. C'est à sa femme qu'il s'en est pris. Il l'a frappée. Elle s'est évanouie. Et alors, décidant tout à coup d'en finir, il lui a fait une piqûre.

— Pourquoi l'a-t-il mise dans le placard, si c'est un drame passionnel ?

Mme Maigret, qui écoutait aussi, échangea un coup d'œil avec son mari. C'était curieux, dans cette atmosphère de kermesse, ce bavardage léger, presque enjoué, à propos d'une tragédie. Les personnages, transposés par la jeune fille, perdaient leur humanité, leur vérité tragique, devenaient des pantins de roman populaire.

Et, pourtant, ce qu'elle disait était peut-être la vérité. Son hypothèse, pour autant que Maigret connût de l'affaire, était aussi plausible que n'importe quelle autre.

— Tu ne comprends pas ? En l'enfermant dans le placard et en retournant à Cannes, en prétendant ensuite qu'il n'était pas venu à Paris, c'était Négrel qu'il désignait comme l'assassin. La preuve c'est que, maintenant, c'est encore lui qu'on soupçonne.

— On les soupçonne tous les deux.

— Qui te l'a dit ?

— Je parierais que la police les a relâchés pour les observer et attend qu'un des deux fasse un faux pas.

Ce n'était pas si bête non plus. En somme, le public est toujours moins bête qu'on le pense.

Le pauvre Janvier s'était trouvé devant un dilemme qui ne se pose pas si souvent à un policier. D'habitude, on tient un présumé coupable et la question est de savoir s'il vaut mieux l'inculper ou le relâcher en attendant des preuves suffisantes.

Avec un seul coupable possible, le juge Coméliau n'aurait pas hésité : il aurait inculpé.

Mais avec deux ? Ils ne pouvaient pas, tous les deux, avoir tué Éveline Jave. L'un des médecins était donc innocent. Les garder à la fois à la disposition de la Justice, c'était admettre qu'on privait un innocent de sa liberté.

Même Coméliau l'avait compris et s'était résigné à les relâcher l'un et l'autre.

Qui se trouvait en surveillance dans la rue, à proximité de l'immeuble où Négrel habitait, pendant que Lassagne procédait à son interview ? Lapointe ? Gianini ?

Il y avait quelqu'un, en tout cas, comme il y avait un homme de la P.J. boulevard Haussmann.

Un des deux médecins avait consenti à

recevoir la presse, choisissant le représentant du journal au plus fort tirage.

L'autre se taisait, enfermé dans son appartement. Lassagne ajoutait en effet :

Nous avons tenté en vain d'obtenir un entretien avec le docteur Jave. Depuis qu'il a quitté la Préfecture de Police et qu'il a regagné le boulevard Haussmann, celui-ci n'a vu personne, sinon Joséentpha. Il a dû décrocher son téléphone car, lorsqu'on appelle son numéro, on obtient invariablement la tonalité « occupé ».

— Tu en reprends ? questionna Mme Maigret en voyant son mari adresser un signe au garçon.

Il reprenait du vin gris, oui. Il avait soif. Surtout, il n'avait pas encore envie de s'en aller.

— Qu'est-ce que tu en penses, toi ? poursuivait-elle à mi-voix.

Il se contenta de hausser les épaules. A cette question-là, il avait l'habitude de répondre qu'il ne pensait jamais, et c'était presque vrai. Deux personnages commençaient à se dessiner à ses yeux : Éveline Jave et le docteur Négrel. Ils n'étaient plus tout à fait des entités. Éveline surtout prenait vie, depuis qu'il avait vu sa photographie, et, à la place de Janvier, il se serait rendu tout de suite à Concarneau.

La clef du drame n'était pas nécessairement là. Ce n'en était pas moins dans cette ville que la jeune femme avait passé la plus grande partie de son existence et il aurait aimé la connaître davantage.

Avait-elle été élevée chez les bonnes sœurs? Il l'aurait juré, à sa façon de se tenir et de regarder l'appareil. Il imaginait la maison sans femme, une maison grise, sans doute, qui devait sentir le poisson, avec un père et un frère pour qui les affaires seules existaient.

Comment s'était-elle habituée à la vie de Paris? Et, quand elle donnait un dîner ou une réception, ne continuait-elle pas à se sentir gauche?

Négrel aussi était un provincial, en dépit de son physique de jeune premier. C'était un Nîmois, un protestant. Ses études finies, il n'avait pas cherché la clientèle, mais il était devenu l'assistant de son professeur.

Lassagne était parvenu à lui faire avouer qu'il avait reçu jadis quelques femmes dans son logement de la rue des Saints-Pères et Maigret aurait parié que c'étaient des filles faciles de Saint-Germain-des-Prés. Il aurait même parié qu'elles n'avaient fait que de courtes visites et qu'aucune n'avait passé la nuit entière dans le lit du jeune médecin.

Maintenant, depuis un an, il était fiancé. Cela démangeait Maigret de téléphoner à Janvier pour lui demander le nom de la demoiselle. La fille d'un avocat connu. Et elle venait chez lui. Cela signifiait un scandale en perspective.

Les amoureux s'en allaient bras dessus bras dessous et, laissant leur journal sur le guéridon, se dirigeaient vers le Sacré-Cœur. En passant, la jeune fille accorda un regard amusé au chapeau de Mme Maigret, qui n'avait pourtant rien de ridicule. Il est vrai qu'elle-même ne portait pas de chapeau sur ses cheveux coupés aussi courts que ceux d'un empereur romain.

— Que dit-on dans ton journal?

— Sans doute la même chose que dans le tien.

Il l'ouvrit machinalement. Il y avait une photographie en première page aussi, non pas celle d'Éveline Jave, mais celle de son frère, Yves Le Guérec, accoudé au bar de l'*Hôtel Scribe.*

Il ne ressemblait pas à sa sœur. C'était un garçon carré, trapu, au visage osseux sous des cheveux en brosse qui devaient être roux.

Faute d'atteindre Négrel ou Jave, c'était lui que le concurrent du petit Lassagne était allé interviewer.

Yves Le Guérec, apprenait-on, était marié, père de deux enfants, et s'était fait construire une villa à trois kilomètres de Concarneau. Il avait pris la place de son père, à la mort de celui-ci, dans l'usine de conserves.

— Ma sœur, depuis son mariage, n'était jamais revenue au pays, je me demande pourquoi, sans doute parce que son mari préférait l'éloigner de la famille.

— Vous ne l'avez jamais revue?

— De temps en temps, lorsque j'étais à Paris, j'allais l'embrasser. Une fois, j'ai conduit ma femme et mes enfants boulevard Haussmann, mais nous avons eu l'impression que nous étions de trop.

— Pour quelle raison?

— Nous sommes des gens simples, qui ne fréquentons pas les mêmes milieux que le docteur Jave...

— C'est avec la dot de votre sœur que celui-ci s'est installé ?

— A l'époque de son mariage, il n'avait pas un sou. Plutôt des dettes. Mon père les a payées et c'est mon père aussi qui a payé tout ce qui se trouve boulevard Haussmann.

— Vous n'aimez pas votre beau-frère ?

— Je n'ai pas dit ça. Mettons que nous ne soyons pas du même bord. Ou, plutôt, il voudrait le faire croire, car sa mère n'est jamais qu'une institutrice...

Ici, on sentait de vieilles rancœurs remonter à la surface. C'étaient deux mondes, en effet. Les Le Guérec, malgré leur fortune, continuaient, dans leur province, à mener une vie simple et rude tandis que Jave, qui s'était frotté à la vie parisienne, avait évolué.

Or, c'étaient les sardiniers qui payaient :

— Ma sœur a hérité de la moitié des parts de l'usine et elle recevait une jolie somme chaque année je vous prie de le croire.

— Elle était mariée sous le régime de la communauté des biens ?

— Malheureusement.

— Et vous ?

— Moi aussi. Ce n'est pas la même chose, car ma femme est fille d'armateur et les armateurs sont de la même race que nous.

— Vous croyez au crime ?

— Vous imaginez qu'Éveline aurait pu se faire une piqûre hypodermique et aller se tasser, pliée en deux, dans un placard, pour y mourir, après avoir refermé la porte à clef ? Où est cette clef ? Où sont ses vêtements ?

— Qui croyez-vous qui l'ait tuée ?

Le Guérec a ouvert la bouche pour répondre, s'est ravisé.

— Je ne tiens pas à m'attirer un procès pour diffamation. Les faits parlent d'eux-mêmes, non ? Quant à prétendre, comme certains le font, que ma

sœur avait un amant, c'est un affreux mensonge.
Elle en était incapable. Elle n'avait aucun tem-
pérament. Les hommes lui faisaient peur. Jeune
fille, au bal, elle restait assise dans un coin toute la
soirée et n'acceptait de danser qu'avec moi. Regar-
dez cette photo. Je me souviens qu'elle a eu toutes
les peines du monde à trouver un maillot de bain
qui ne laisse à peu près rien voir. Elle en était
ridicule.

— Elle vous écrivait souvent ?

— A mon anniversaire, à celui de ma femme et
des enfants, ainsi qu'au Nouvel-An.

— Elle se savait malade ?

— Elle a toujours su qu'elle ne ferait pas de
vieux os, mais elle était résignée.

— Elle était croyante ?

— Chez nous, elle était très croyante et allait
à la messe chaque matin. Par la suite, j'ai appris
que son mari avait déteint sur elle et qu'elle ne
pratiquait plus.

— Vous pensez qu'elle n'était pas heureuse ?

— J'en suis certain.

— Sur quoi vous basez-vous ?

— Ce sont des choses qu'on sent. Sa façon de
me répéter, par exemple, avec un vague sourire :

« N'oublie pas de venir me voir chaque fois que
tu es à Paris. Et dis bien aux enfants que leur
tante pense à eux... »

Cependant, elle était nue quand on avait
trouvé son corps dans le placard. Son meurtrier l'avait-il dévêtue après coup ?

Encore une fois, l'hypothèse était assez
peu probable, d'autant moins probable que
c'est une opération difficile de déshabiller
un mort.

Et pourquoi la déshabiller ?

Que faisait Jave, seul avec Josépha dans
l'appartement du boulevard Haussmann ?
Qu'avait-il répondu aux questions de Jan-

vier et du juge d'instruction au sujet de son voyage précipité.

Si Coméliau ne l'avait pas mis sous mandat de dépôt, c'est qu'il subsistait un sérieux doute et que, presque sûrement, les chances étaient à peu près égales entre les deux suspects.

Maigret avait envie, maintenant, d'en connaître davantage sur Philippe Jave et sur sa vie personnelle. Avait-il une maîtresse, un second ménage ? Ou bien était-il réellement le médecin à la fois mondain et austère que la plupart voyaient en lui ?

— Qu'est-ce que nous faisons ? demanda Mme Maigret, comme son mari appelait le garçon pour payer les consommations.

Il n'en savait rien. Cela n'avait pas d'importance et c'était bien là le plus merveilleux.

— Nous allons commencer par descendre les escaliers Saint-Pierre...

Puis ils flâneraient le long du boulevard Rochechouart. Ils pouvaient descendre ensuite la rue des Martyrs, par exemple, dont il aimait le grouillement. Il aimait aussi le Faubourg Montmartre.

De n'avoir rien à faire lui montrait Paris sous un jour nouveau et il était décidé à n'en pas perdre une miette.

— Ce soir, il faudra que je téléphone à Pardon.

— Tu n'es pas malade ?

— Non. Il aura peut-être de nouveaux renseignements sur ce docteur Jave.

— Cela te tracasse ?

Cela ne le tracassait même pas. Il y pensait beaucoup, certes, mais l'affaire s'inscrivait comme en filigrane sur ses balades dans Paris.

— Demain matin, j'irai peut-être faire un tour rue des Saints-Pères.

C'était plus dangereux, car il n'y aurait guère de passants et il risquait de tomber nez à nez avec un de ses inspecteurs.

— Je me demande si nous n'irons pas voir la mer à Concarneau.

Il énonçait ces projets sans y croire, pour s'amuser. Tout cela, c'était maintenant la tâche de Janvier et Maigret avait comme un avant-goût de son existence le jour où il serait à la retraite.

Cette pensée l'assombrit. Il acceptait, pour quelques jours, pour trois semaines au plus, de jouer les flâneurs, de faire partie du bon public.

Mais quand il s'agirait de tenir ce rôle-là pour le reste de ses jours ?

Tout en marchant vers le parvis du Sacré-Cœur, il serra soudain le bras de sa femme et elle comprit qu'il était ému, il lui sembla même qu'elle devinait pourquoi, mais elle n'en dit rien.

4

OU ÉTAIT JOSÉPHA?

Il N'AVAIT PAS téléphoné à Pardon ce soir-là comme il se l'était promis place du Tertre. A vrai dire, il n'y avait plus pensé.

Il devait être aux alentours de cinq heures quand sa femme et lui avaient tourné l'angle du Faubourg Montmartre et des Grands Boulevards. Le soleil frappait en plein le trottoir qui, parce qu'il y avait moins de passants que d'habitude, paraissait plus large. Entre l'étalage d'un magasin de confection et une coutellerie, il avait repéré l'entrée presque obscure d'une sorte de tunnel et le tintement d'une sonnerie grêle comme celle des cinémas d'autrefois.

C'était bien l'entrée d'un petit cinéma, qu'il ne se souvenait pas avoir jamais vu. On y donnait les premiers Charlot et Maigret s'arrêta, hésitant.

— On y va? proposa-t-il à sa femme.

Elle avait eu un regard méfiant au rideau

de peluche sombre derrière la caisse, aux murs grisâtres du couloir.

— Tu crois que c'est propre?

Ils avaient fini par entrer et, quand ils étaient sortis, le triomphant soleil d'août avait disparu, remplacé, le long des Boulevards, par une double guirlande de lumières et par les enseignes au néon. Ils ne s'étaient pas rendu compte que c'était le jour du changement de programme et qu'ils avaient en fait, assisté à deux séances.

Il était trop tard pour rentrer dîner.

— On va manger un morceau dans les environs.

Mme Maigret avait remarqué :

— Si nous continuons ainsi, je vais oublier comment on fait la cuisine.

Ils étaient allés place des Victoires, dans un restaurant dont il aimait la terrasse paisible. Ils étaient ensuite rentrés à pied et, à la fin, Mme Maigret oscillait sur ses talons. Il y avait des années qu'ils n'avaient pas tant marché tous les deux.

Ils dormirent la fenêtre ouverte et ce fut presque tout de suite une journée neuve qui commença, avec un soleil plus clair que celui qu'ils avaient quitté boulevard Montmartre, un air plus frais, les bruits familiers du matin.

Ils n'avaient aucun plan pour l'emploi de leur temps et, tout en prenant le petit déjeuner, Mme Maigret questionna :

— Je fais le marché?

A quoi bon? Faire le marché, c'était préparer un repas. Cela signifiait qu'il faudrait être à la maison à une heure déterminée.

— Nous avons toute l'année pour manger chez nous.

— Sauf quand tu ne rentres pas.

C'était vrai que, si on comptait les jours où une enquête l'obligeait à prendre ses repas en ville, il n'en restait pas beaucoup où ils mangeaient dans l'appartement en tête à tête.

A plus forte raison était-ce amusant de déjeuner ou de dîner dehors avec elle.

Pas de marché! Pas de fil à la patte! Une première pipe à la fenêtre, à observer les gestes de pantin du petit homme de chez Catoire et Potut. Dans le bistrot d'en face, le patron, en manches de chemise, lisait un journal étalé sur son zinc.

Maigret aurait pu se faire monter les journaux chaque matin par la concierge, mais cela lui aurait enlevé le plaisir d'aller les chercher lui-même.

Il finit par s'habiller, pendant que sa femme vaquait au ménage.

— Je viendrai te chercher tout à l'heure. Je ne sais pas encore où nous irons.

— Aujourd'hui, en tout cas, je mets des souliers à talons plats.

De nouvelles habitudes se créaient. Il achetait ses journaux au même kiosque, attendait d'être assis à la terrasse de la place de la République avant de les ouvrir et le garçon de café savait déjà quoi lui servir.

CRIME OU ACCIDENT?

Le professeur de toxicologie, qui avait

procédé à l'examen des viscères, avait remis son rapport. Pour une raison ou pour une autre, le Quai des Orfèvres se montrait moins avare de renseignements qu'au début de l'affaire et les journaux fournissaient un résumé du rapport.

On avait découvert, dans l'organisme d'Éveline Jave, une quantité appréciable de digitaline.

Nous avons questionné à ce sujet le professeur Loireau, qui nous a fourni des renseignements intéressants.

La digitaline est un médicament assez fréquemment employé pour ralentir les mouvements du cœur. La dose administrée à Mme Jave n'est pas exagérée et normalement, n'aurait pas dû être mortelle.

Ce qui est troublant, c'est que ce médicament lui ait été administré, car étant donné son état de santé, il était rigoureusement contre-indiqué.

Éveline Jave, depuis son enfance, avait un pouls-lent. En cas de crise, le professeur Loireau nous l'a confirmé, elle avait besoin d'un excitant du muscle cardiaque, comme le camphre, le plus courant, ou le Pressyl, à la mode aujourd'hui.

La digitaline, au contraire, devenait pour elle un produit presque sûrement mortel, puisqu'au lieu de remédier aux effets du pouls-lent elle les accroissait.

Mme Jave a-t-elle eu une crise, au cours de son passage boulevard Haussmann ? L'ecchymose à la tempe provient-elle d'une chute qu'elle aurait faite au cours de cette crise ?

Le médecin présent — et nous ne savons pas lequel — s'est-il, dans son affolement, trompé d'ampoule et lui a-t-il injecté de la digitaline au lieu de camphre ou de Pressyl ?

Ou encore, voulant tuer, a-t-il employé volontairement une substance dont il prévoyait les effets sur la malade ?

Maigret resta quelques minutes à regarder les passants défiler devant la terrasse, puis demanda un jeton et alla s'enfermer dans la cabine téléphonique.

— Allô! Pardon?

Celui-ci avait déjà reconnu sa voix.

— Je vous dérange?

— J'allais partir pour ma tournée, mais j'ai quelques minutes devant moi.

— Vous avez lu?

— Nous devons être quelques centaines de médecins, à Paris, à nous être jetés sur le journal.

— Qu'est-ce que vous en pensez?

— L'article n'est pas rigoureusement scientifique, mais les grandes lignes sont exactes.

— Cela pourrait être un accident?

— A la rigueur. Je viens moi-même de la vérifier. Certaines substances à injecter nous sont livrées dans des ampoules caractéristiques et, avec celles-là, il est à peu près impossible à un médecin de se tromper.

— Caractéristiques en quoi?

— Il y a des ampoules à un seul bout effilé, d'autres dont les deux bouts le sont. Il y en a aussi qui portent le nom du produit. Il en existe même de colorées.

— Dans le cas présent?

— Le camphre, qui est vendu par plusieurs laboratoires, existe en ampoules de formes différentes, à une ou deux pointes. Le Pressyl est plus reconnaissable. Je viens de chercher dans ma trousse une ampoule de digitaline et l'ai comparée avec une ampoule de camphre.

— Elles se ressemblent ?

— Assez pour qu'un homme pressé, ému, puisse s'y tromper.

— Votre avis, à vous ?

— Je n'en ai pas. J'ai seulement appris que Jave, hier dans la soirée, a appelé le docteur Mérou. C'est un cardiologue. J'ignore si Jave souffre du cœur, lui aussi, ou s'il voulait consulter Mérou au sujet de ce qui est arrivé à sa femme.

— Vous connaissez Mérou ?

— C'est un ami mais, dans le cas présent, il ne dira rien et il serait indélicat de ma part de lui poser la question.

— Vous n'avez rien appris d'autre sur le docteur Jave ?

Il y eut un silence à l'autre bout du fil. Les médecins se tiennent entre eux, malgré tout.

— Vous n'êtes toujours pas au Quai des Orfèvres ?

— Grâce à Dieu, non.

— Ce n'est qu'un bruit qui court dans le monde médical. Inutile de vous dire que celui-ci est en effervescence et que nous cherchons tous à comprendre. On m'a affirmé hier que, malgré sa brillante façade, Jave avait des dettes et que, depuis plusieurs mois, il était aux abois.

— Mais l'argent de sa femme ?

— Je n'en sais pas plus. Ne donnez pas ce renseignement à la police, qui le découvrira bien toute seule. Je ne veux pas que cela vienne de moi.

— Une dernière question, au sujet des ampoules. Vous qui avez eu les deux sortes d'ampoules en main et qui avez les réflexes de votre profession : auriez-vous pu vous tromper?

Il sentit une hésitation chez son interlocuteur invisible. Pardon prononça enfin, en pesant ses mots :

— S'il s'était agi de ma femme, peut-être. Nous nous affolons facilement quand il s'agit des nôtres ou de nous-même.

— Ou de votre maîtresse?

Pardon eut un petit rire.

— Je n'ai pas eu de maîtresse depuis l'internat.

Maigret retourna à la terrasse et suça rêveusement le tuyau de sa pipe. C'était presque l'heure de son premier demi et il suivait du regard le mouvement lent des aiguilles de l'horloge électrique.

— Un autre jeton! demanda-t-il enfin au garçon.

Dans la cabine, il appela le journal où Lassagne travaillait Il y avait des chances qu'à cette heure-ci le reporter rouquin soit occupé à écrire son article.

— M. Lassagne, s'il vous plaît, mademoiselle.

— De la part de qui?

— Dites-lui que c'est pour lui fournir une information au sujet de l'affaire Jave.

Le journal devait recevoir des douzaines de coups de téléphone du même genre, la plupart émanant de fous ou de maniaques, mais, à la P.J. aussi on écoutait tout avec patience, car il arrivait parfois d'obtenir ainsi un tuyau sérieux.

— Allô... Qui est à l'appareil ?

Lassagne avait une voix crachotante.

— Peu importe, M. Lassagne. Je ne possède aucune information à proprement parler, mais je voudrais vous signaler une lacune dans vos articles.

Il déguisait sa voix, tant bien que mal.

— Faites vite. Je suis pressé. Quelle lacune ?

— Où se trouvait Josépha samedi après-midi ?

Le reporter laissa tomber sèchement :

— Dans l'appartement.

Il allait raccrocher, mais le commissaire le gagna de vitesse.

— Dans quel appartement ? C'est cela que je veux dire. Écoutez-moi un instant. Les Jave n'avaient, en dehors de la nurse, que deux domestiques. Ce n'est pas beaucoup pour un appartement aussi important que le leur, je parle de leur appartement d'habitation. D'autre part, dans l'appartement d'en face, celui du médecin, il n'y avait personne, le ménage fait, sinon pour ouvrir la porte aux clients.

Lassagne ne raccrochait pas et Maigret pouvait entendre sa respiration.

— Je crois que je comprends.

— Où Josépha se serait-elle tenue, pendant les heures de consultation ? Dans l'appartement du médecin ? Dans l'antichambre ? Dans la chambre à coucher ? Dans la salle de bains ? Serait-elle restée des heures à ne rien faire alors qu'il y avait du travail dans l'appartement d'en face ? Je suis persuadé que le bouton de sonnerie, à la porte du docteur, est branché sur l'autre appartement.

— Vous ne voulez pas me dire qui est à l'appareil ?

— Mon nom n'a aucune importance.

— Je vous remercie. Je vérifierai.

Maigret se sentait un peu ridicule de jouer ainsi le rôle des maniaques qui assaillent les journalistes, mais c'était le seul moyen, pour lui, d'obtenir un renseignement qui l'intéressait.

Il était probable que Janvier avait déjà la réponse. Seulement, il ne pouvait pas appeler Janvier. Un instant, il avait pensé s'adresser à Lapointe, en lui demandant le secret sur sa présence à Paris. Peut-être est-ce parce que c'était trop facile qu'il ne l'avait pas fait ?

La question était importante. C'était possible, évidemment, que Josépha ait menti sur toute la ligne, qu'elle ait vu Mme Jave et son mari entrer ou sortir. Mais il était possible aussi qu'elle se soit trouvée dans l'appartement d'en face et qu'elle n'ait rien su de ce qui se passait de l'autre côté du palier.

Éveline Jave, certes, n'avait pas de clef de l'appartement. Mais Négrel ne l'attendait-il pas ? N'avait-elle pas pu lui téléphoner d'Orly, voire avant son envol de Nice ?

Restait la concierge. La concierge avait-elle menti ? Le salon de sa loge était séparé de la cuisine et de la chambre à coucher par un épais rideau, comme cela arrive dans de nombreux immeubles. N'était-elle pas occupée derrière le rideau lors de l'arrivée d'Éveline Jave ?

Il commanda son demi, le but sans hâte et, s'il continuait à penser à l'affaire, c'était sans passion, avec une sorte de détachement. Il imaginait la fièvre qui devait régner Quai des Orfèvres, les coups de téléphone impatients de Coméliau qui trouvait toujours que la police ne travaillait pas assez vite.

Janvier savait, par l'inspecteur en faction boulevard Haussmann que Jave avait fait appel au docteur Mérou. Il savait aussi, par les gens de la Brigade Mobile qui avaient questionné la nurse, à Cannes, dans quelles conditions Éveline Jave, puis son mari, avaient quitté la villa Marie-Thérèse.

On n'annonçait pas l'arrivée de la nurse à Paris, ni celle de l'enfant, et c'était compréhensible qu'on les tienne toutes les deux éloignées.

Il avait envie de marcher et il se dirigea vers les quais, passant aussi loin de la Préfecture que possible. A Saint-Germain-des-Prés, il n'avança qu'avec prudence et, au coin de la rue des Saints-Pères, dut s'arrêter, car le jeune Lapointe fumait une cigarette au bord du trottoir à une centaine de mètres de lui.

Cela le fit sourire, encore qu'il en ressentit un petit pincement au cœur. Il jeta de loin un coup d'œil à l'immeuble qui répondait à la description du journal.

— Taxi !

Il rentrait chez lui. Tout cela ne le regardait pas. Il était en vacances et Pardon avait insisté pour ce que soient de vraies vacances.

— Tu as décidé de ce que nous faisons?

— Pas encore. Tu n'as pas une idée, toi?

Elle n'en avait pas et ils se regardaient, gravement d'abord, puis en souriant, et ils éclataient enfin de rire en même temps.

Après cinq jours de vacances, après s'être promis tant de joies inédites, ils en étaient déjà à ne plus savoir que faire de leurs journées.

— Où pourrions-nous aller déjeuner? Tu n'as pas voulu que je fasse le marché. Je peux toujours acheter des viandes froides.

Il hésita, hocha la tête. L'appartement ne lui avait jamais paru aussi calme. Avec ses meubles rustiques, il faisait penser à une maison d'une petite ville de province, et derrière les volets qu'on gardait à moitié clos, à cause du soleil, régnait une douce pénombre.

— Va!

Il la rappela alors qu'elle était déjà sur le palier.

— Prends-moi une coquille de langouste.

Son plat préféré quand ils étaient pauvres et qu'il s'attardait à la vitrine des charcuteries.

Il se servit un verre d'apéritif, s'installa dans un fauteuil, la cravate dénouée, fuma sa pipe en rêvassant. La chaleur l'alourdissait, faisait picoter ses paupières. Il croyait entendre la voix de la jeune fille de la place du Tertre qui voulait à toutes forces voir dans l'affaire du boulevard Haussmann une histoire d'amour.

Il n'en était plus si sûr. Jave avait des dettes. Comment les avait-il contractées ? Était-il joueur ? Spéculait-il en bourse ? Car le train de vie du ménage n'était pas disproportionné d'avec la clientèle du médecin et les revenus de sa femme.

Un second ménage ?

Gilbert Négrel, lui, avait une fiancée qui était probablement déjà sa maîtresse, puisqu'elle venait le voir dans son logement de garçon. Quel était le rôle d'Éveline entre les deux hommes ?

Pourquoi Maigret avait-il l'impression que, d'un côté comme de l'autre, elle avait été frustrée ?

Ce n'était qu'une intuition. Il revoyait la photographie, les cuisses maigres, le regard, qui manquait d'assurance, semblait quêter l'indulgence ou la sympathie.

Tout gamin, à Paray-le-Frésil, il avait pitié des lapins parce qu'il pensait que la nature ne les avait créés que pour servir de nourriture à des animaux plus forts.

Éveline lui rappela les lapins. Elle était sans défense. Quand, jeune fille, elle errait sur la plage de Beuzec, le premier homme venu, pourvu qu'il lui montre un peu d'intérêt et de tendresse, ne pouvait-il pas l'emporter ?

Jave l'avait épousée. Elle en avait eu un enfant.

Négrel, à son tour, comme la petite amoureuse de la veille le prétendait, était-il entré
dans sa vie ?

Il finit son verre, remit sa pipe entre ses
dents et, quand Mme Maigret rentra un peu
plus tard, cette pipe pendait sur son men-
ton, car Maigret s'était assoupi.

Ce fut une vraie dînette, comme quand
ils étaient jeunes mariés et qu'ils habitaient
encore un hôtel meublé où il était interdit
de cuisiner. Mme Maigret, pourtant, l'observait d'un œil soucieux.

— Je me demande si tu ne ferais pas
mieux de téléphoner à Janvier.

— Pourquoi ?

— Pas pour t'occuper de l'affaire, mais
pour qu'il te tienne au courant. Il y a des
moments où j'ai l'impression que tu te ronges. Tu n'es pas habitué à ne pas savoir, à
devoir attendre les journaux.

Il fut tenté. C'était facile. Mais Janvier ne
manquerait pas de lui demander des conseils.
Et, de fil en aiguille, il se retrouverait assis
dans son bureau du Quai des Orfèvres, à
diriger toute la machine policière.

— Non ! décida-t-il.

— Pourquoi ?

— Je ne peux pas faire ça à Janvier.

C'était vrai aussi. Celui-ci avait sa chance
de mener à bien, tout seul, une affaire sensationnelle. Il devait en trembler mais, en
même temps, il vivait les plus beaux jours
de sa carrière.

— Tu fais la sieste ?

Il dit encore non, car les journaux de

l'après-midi allaient paraître et il avait hâte de savoir si Lassagne avait trouvé la réponse à sa question.

— On se promène, décida-t-il.

Il attendit patiemment qu'elle eût fait la vaisselle et il fut même sur le point de l'aider.

— On va loin ?

— Je ne sais pas encore.

— Tu ne crois pas qu'il va y avoir de l'orage ?

— S'il pleut, nous entrerons dans un café.

Ils cheminèrent tranquillement jusqu'au canal Saint-Martin, où il lui était arrivé tant de fois d'enquêter et où il n'était jamais venu avec sa femme. Quelques gros nuages blancs avaient envahi le ciel et, à l'Est, il y en avait un plus lourd que les autres, avec un centre plus gris, qui faisait penser à une tumeur prête à crever. L'air était chaud, immobile.

A peine aperçut-il un crieur de journaux qu'il tendit le bras et, comme la veille, il acheta les deux journaux concurrents de l'après-midi.

— On s'assied quelque part pour y jeter un coup d'œil.

Mme Maigret regardait avec inquiétude les petits bistrots du quai qui, à ses yeux, n'avaient rien d'engageant.

— N'aie pas peur. Ce sont des braves gens.

— Tous ?

Il haussa les épaules. Bien sûr qu'il ne se passait guère de semaine sans qu'on retrouve un corps dans le canal. A part ça...

— Tu crois que les verres sont propres?
— Certainement pas.
— Tu bois quand même?

Il n'y avait que trois guéridons à la terrasse qu'il avait choisie, en face d'une péniche qui déchargeait des briques. A l'intérieur, un jeune homme en chandail noir et en espadrilles était penché sur le zinc et parlait à voix basse au patron.

Maigret commanda un marc pour lui, un café pour sa femme, qui ne le boirait pas.

« *Troublant rapport des toxicologues* »

Cela, il l'avait déjà lu dans les journaux du matin, sauf que Lassagne avait eu le temps de fignoler et d'interviewer plusieurs médecins connus. Leur opinion était à peu de chose près celle de Pardon : une erreur était possible; elle n'était pas probable.

Lassagne avait trouvé un précédent dans les archives du journal. Il s'agissait d'un médecin du Midi chez qui on avait découvert dans un placard aussi, le cadavre d'un de ses clients.

Le docteur en question, aux Assises, avait plaidé l'erreur, prétendant s'être trompé d'ampoule, puis, devant le cadavre, avoir perdu la tête.

— J'ai eu peur que la bonne entre dans mon cabinet et aperçoive le mort. J'ai commis un acte stupide. Pour me donner le temps de réfléchir, je l'ai poussé dans un placard.

Il était criblé de dettes. On n'avait jamais retrouvé le portefeuille du client, qui contenait une somme importante, et le médecin avait été condamné au bagne.

Lassagne savait-il que Jave avait des dettes, lui aussi ? Si oui, il ne le disait pas. Il imprimait, par contre, en sous-titre :

« Où était Josépha? »

Et Maigret avait ainsi la réponse à la question qu'il avait posée le matin. Sans être vaniteux, il n'en eut pas moins une moue satisfaite, car il ne s'était pas trompé, encore que n'ayant à sa disposition que les éléments connus du grand public.

Lassagne exposait la question des deux appartements, des deux portes face à face. Le ménage des locaux professionnels terminé, le matin, Josépha, en effet, passait de l'autre côté du palier, et c'est dans l'appartement aussi qu'elle se tenait l'après-midi. La sonnerie l'avertissait lorsqu'un client sonnait en face.

Le samedi du drame, elle se trouvait dans les locaux d'habitation où, comme chaque jour, elle avait ouvert les fenêtres et pris les poussières.

Lassagne avait été plus loin, car le coup de téléphone de Maigret lui avait mis la puce à l'oreille. Trois fois, il avait tenté d'entrer dans l'immeuble sans être vu par la concierge. Deux fois, celle-ci l'avait arrêté au passage. La troisième fois, il avait pu gagner l'ascenseur sans être aperçu.

Il n'était donc pas impossible qu'Éveline Jave soit montée à son appartement à l'insu de la concierge.

Fallait-il en déduire que Jave avait pu le faire à son tour, puis quitter la maison dans les mêmes conditions ?

Quelqu'un, en outre, était sorti avec un paquet sous le bras, puisque les vêtements de la jeune femme avaient disparu. Avait-on demandé à la concierge si le docteur Négrel, en sortant à cinq heures et demie, portait un paquet ?

— Tu crois à un accident, toi ?

Mme Maigret commençait à se passionner à l'affaire en feignant un air détaché.

— Tout est possible.

— Tu as lu ce qu'ils disent de la fiancée ?

— Pas encore.

Dans son journal à lui, cela ne venait qu'en troisième page. Une photographie de jeune fille sympathique, au visage ouvert, vêtue d'une robe-chemisier très nette. Elle fixait franchement l'appareil.

Comme titre :

NOUS DEVONS NOUS MARIER
A L'AUTOMNE

Elle ne disait pas :
— Nous devions.

Elle était optimiste, sûre d'elle et de son fiancé.

— *Nous devons...*

Lassagne ne dormait pas beaucoup depuis quatre jours, à en juger par la besogne qu'il abattait.

Nous avons pu rejoindre hier soir, chez elle, ou plutôt chez ses parents, puisque c'est avec eux qu'elle habite, la fiancée du docteur Négrel.

Il s'agit de Mlle Martine Chapuis, fille unique de Maître Noël Chapuis, l'avocat bien connu.

Ni Maître Chapuis, ni sa fille, n'ont fait de difficulté pour nous recevoir dans leur appartement de la rue du Bac, à deux pas de la rue des Saints-Pères.

Mieux ; l'avocat, fort élégamment, nous a laissé en tête à tête avec sa fille, donnant ainsi toute liberté à celle-ci pour nous répondre.

Disons d'abord que Martine Chapuis, âgée de vingt-quatre ans, est ce qu'on appelle une jeune fille moderne, dans le meilleur sens du mot. Après avoir pris sa licence en Droit, elle a fait une année de philosophie à la Sorbonne pour s'orienter enfin vers la médecine, où elle suit les cours de troisième année.

Intelligente, curieuse de tout, elle est en outre une sportive accomplie, fait du ski chaque hiver et possède son diplôme de monitrice de culture physique.

Loin de la trouver abattue, nous avons eu devant nous une jeune personne pleine de confiance et presque souriante.

— C'est exact que Gilbert et moi sommes fiancés depuis six mois. Il y a un an que nous nous connaissons. J'ai attendu quelques mois avant de le présenter à mes parents et ceux-ci ont autant confiance en lui que moi-même.

— Où vous êtes-vous rencontrés ?

— Chez le professeur Lebier, dont je suis les cours et dont Gilbert est l'assistant.

— Vous avez l'intention de continuer la médecine et de travailler avec votre mari ?

— C'est notre intention. J'espère l'aider tout au moins jusqu'au moment où nous aurons des enfants. Après, on verra.

— Vous connaissiez Mme Jave ?

— Je ne l'ai jamais rencontrée.

— Votre fiancé vous a parlé d'elle ?

— Incidemment.

— Vous en parlait-il comme d'une amie ?

— Vous pouvez y aller plus franchement avec moi. Je vois fort bien où vous voulez en venir. Ce que vous désirez savoir, c'est si Mᵐᵉ Jave était la maîtresse de Gilbert.

— Je n'osais pas poser la question aussi crûment.

— Pourquoi, puisque tout le monde se la pose ? C'est compréhensible. Il est évident que Gilbert a eu des maîtresses avant de me connaître et je ne suis pas sûre qu'il n'en ait pas eu après. Je ne suis pas jalouse de ce genre d'aventures-là. Quant à Mᵐᵉ Jave, je serais surprise qu'il y ait eu quoi que ce soit entre elle et lui.

— Pour quelle raison ?

— A cause du caractère de Gilbert. Son travail est ce qui l'intéresse le plus au monde.

— Plus que vous ?

— Probablement. Il y a déjà des années qu'il aurait pu s'installer mais il préfère les recherches qu'il accomplit avec le professeur Lebier. L'argent ne compte pas pour lui. Il a peu de besoins. Vous avez vu son appartement.

— Je sais que vous y êtes allée.

— Je ne le cache pas. Je ne l'ai pas caché davantage à mon père. Nous nous aimons. Nous nous marierons à l'automne. Je ne vois pas pourquoi, quand je désire le voir, je n'irais pas chez lui. Nous ne sommes plus à l'époque des chaperons. Gilbert a eu des maîtresses, je vous l'ai dit, mais il s'est toujours gardé des liaisons qui entraînent des complications et des pertes de temps.

— Il aurait pu aimer Éveline Jave. L'amour ne se commande pas.

— Dans ce cas, je m'en serais aperçue.

— Vous n'avez pas cherché à le revoir, depuis qu'il a été questionné par la police ?

— Je lui ai téléphoné plusieurs fois. En fait, nous passons une bonne partie de la journée au téléphone. Si je ne suis pas allée rue des Saints-Pères c'est qu'il préfère me laisser autant que possible en dehors de cette affaire et qu'il y a des photographes en permanence devant sa maison.

— Quelle a été la réaction de votre père ?

Un instant d'hésitation.

— Il a d'abord été contrarié, car il n'est jamais agréable, surtout pour un avocat, d'être mêlé de près ou de loin à un drame de ce genre. Nous avons bavardé tous les deux. Mon père et moi sommes de grands amis. C'est lui qui a téléphoné à Gilbert pour lui offrir ses services en cas de besoin.

— Il lui a donné des conseils ?

— Je n'ai pas écouté leur conversation. Ce que je sais, c'est que, si Gilbert est interrogé à nouveau par le juge d'instruction, comme c'est probable, papa l'accompagnera en tant qu'avocat.

— Avez-vous vu votre fiancé samedi soir ? Car je suppose que vous avez l'habitude de passer les dimanches ensemble ?

— Je ne l'ai pas vu samedi soir, parce que mes parents et moi avons quitté Paris samedi midi pour la campagne. Nous avons une petite maison à Seineport, où nous passons les week-ends. Gilbert est venu nous y rejoindre dimanche matin par le premier train. Il n'a pas d'auto.

— Il ne paraissait pas préoccupé ?

— Il était comme toujours. Nous avons passé une partie de la journée en canoë et papa, qui avait du travail lundi matin de bonne heure, l'a ramené le soir à Paris dans sa voiture.

— Vous est-il arrivé d'aller voir votre fiancé boulevard Haussmann ?

— Une fois. Je passais dans le quartier. J'avais envie de connaître l'endroit où il travaillait. J'aime connaître toutes les atmosphères dans lesquelles il vit, afin de le suivre en pensée.

— Vous avez été introduite par Josépha ?

— Par la bonne, oui. Je ne savais pas encore qu'elle s'appelait Josépha.

— Vous avez attendu dans l'antichambre ?

— Comme une cliente. Il y avait deux personnes avant moi.

— Vous avez pénétré dans d'autres pièces que le premier bureau de consultation ?

— J'ai visité toutes les pièces.

— Y compris celles de l'appartement ?

— Non. Je parle des locaux professionnels, ceux de gauche.

Aucune gêne. Aucune hésitation. Nous nous sommes permis d'insister :

— Y compris la chambre ?

Et sans rougir, elle nous a répondu en nous regardant dans les yeux :

— Y compris la chambre et la salle de bains encombrée de malles.

Maigret passa l'article à sa femme et, pendant qu'elle lisait, ne cessa de l'observer du coin de l'œil, car il savait d'avance à quels passages elle allait tiquer. Elle n'y manqua pas. Deux ou trois fois, elle poussa un soupir. A la fin, au lieu de se tourner vers lui, elle regarda fixement la péniche de déchargement.

— Drôle de jeune fille, murmura-t-elle.

Pour la taquiner, il fit semblant de ne pas entendre. Après un temps, elle questionna :

— Tu approuves ?

— Quoi ?

— Tu n'as pas lu ? Les visites rue des Saints-Pères. La chambre à coucher... De mon temps...

Il hésita. Il ne voulait pas lui faire de la peine, mais il risqua néanmoins :

— Tu ne te souviens pas ? Le petit bois, dans la vallée de Chevreuse...

Si Martine Chapuis n'avait pas rougi, Mme Maigret, elle, piqua un fard.

— Tu ne vas pas prétendre que c'est la même chose ?

— Pourquoi ?

— C'était une semaine avant notre mariage.

— Eux, c'est deux mois.

— S'ils se marient !

— S'ils ne se marient pas, ce ne sera pas sa faute à elle.

Elle le bouda pendant près d'un quart d'heure. Ils atteignaient le bout du canal, marchant au bord de l'eau et s'arrêtant derrière chaque pêcheur à la ligne quand elle sourit enfin, incapable de lui en vouloir plus longtemps.

— Pourquoi as-tu dit ça ?

— Parce que c'est vrai.

— Et tu l'aurais raconté aux journalistes, avec l'air de t'en vanter ?

Ne trouvant pas de réponse à cette question-là, il préféra bourrer sa pipe. Au moment où il s'arrêtait pour l'allumer, de larges gouttes d'eau commençaient à s'écraser sur le sol et sur son chapeau.

5

L'ALIBI DU DOCTEUR JAVE

L'ORAGE AVAIT duré une partie de la nuit et brouillé le temps qui, depuis plus d'une semaine, restait au beau fixe. Ce matin-là, l'air était presque froid, avec une buée grisâtre qui traînait dans les rues et un soleil aussi pâle qu'en février.

Ce n'est pas ce qui rendit Maigret maussade. Au moment où il sortait pour aller chercher ses journaux, sa femme lui avait demandé, comme les autres matins :

— Tu as des projets pour aujourd'hui ?

Il avait dit non, comme les autres jours aussi.

— Cela t'ennuierait qu'on déjeune à la maison ?

Il n'avait pas compris tout de suite où elle voulait en venir.

— Pourquoi cela m'ennuierait-il ?

C'est alors qu'elle avait soupiré :

— J'ai si mal aux pieds. Je voudrais me reposer une journée.

Autrement dit, ce n'était pas le déjeuner au restaurant qui l'effrayait, mais les déambulations à travers Paris que son mari lui imposait par la suite. Quel jour était-on ? Depuis qu'il était en vacances, il ne s'en préoccupait pas. On devait être vendredi, et elle était déjà lasse.

— A tout à l'heure, avait-il murmuré.

— Tu n'es pas déçu ?

— Mais non.

— Il faut d'ailleurs que j'arrange mes robes.

Chaque jour, en effet, pour lui faire plaisir, elle avait porté une robe fraîche et elle n'avait pas tant de robes d'été.

Quand même! Il n'aurait peut-être pas dû la faire manger dans un bistrot douteux, près du boulevard de la Chapelle, et la ramener ensuite à pied dans la pluie. Il avait cru que cela l'amusait. Ils étaient trempés tous les deux et, chaque fois qu'ils recevaient une rafale, Maigret lui lançait :

— Imagine-toi que tu es au bord de la mer!

Cela n'avait pas d'importance. Elle avait sans doute réellement mal aux pieds, qu'elle avait toujours eu sensibles.

Il acheta ses journaux, s'assit dans son coin de terrasse, malgré le temps frisquet, commanda son café déjà traditionnel.

Il n'y avait rien dans les journaux du matin. Ils se contentaient de reproduire, avec moins de détails, ce que les journaux du soir avaient publié la veille.

C'était comme un vide, tout à coup, comme si l'affaire en était arrivée à un point mort. Il se sentait frustré. Sa première pensée fut :

— Qu'est-ce qu'ils font donc ?

Il pensait à Janvier et aux autres du Quai des Orfèvres, dont c'était le métier de résoudre le problème, et il se passa plusieurs minutes avant que son sens de l'humour reprenne le dessus et qu'il se moque de lui-même.

Il venait de réagir en lecteur moyen. On ne lui avait pas fourni sa pitance bi-quotidienne et il en était dépité. Comme le grand public, il avait eu l'impression, un moment, que les policiers ne faisaient pas leur métier et il comprenait mieux l'insistance des reporters qui, au cours d'une affaire sensationnelle, assiégeaient sa porte.

— Donnez nous n'importe quoi commissaire, mais donnez-nous quelque chose !

Du coup, il lut tout le reste du journal, le temps qu'il faisait dans les différentes stations balnéaires et sur les plages à la mode, les bons mots des vedettes, les accidents de la route et jusqu'à un long article sur l'avenir de la télévision.

Le reste de la matinée fut sans histoire. Il marcha dans les rues, au petit bonheur, entra dans deux petits bars pour y prendre l'apéritif. Quand il rentra, un poulet bonne-femme l'attendait et une Mme Maigret qui regrettait ce qu'elle lui avait dit le matin.

— Tu n'es pas fâché?

— Pourquoi?

— J'espère que tu ne te figures pas que je m'ennuie avec toi? Ce sont vraiment mes pieds...

— Je sais.

— Cela ne t'empêche pas de sortir, toi.

Peut-être allait-il y avoir un nouvel orage, ou simplement de la pluie, car le soleil avait disparu et le ciel était d'un gris uni. Il ne savait pas où il irait mais il sortit quand même, toujours grognon. Au lieu de tourner à gauche, une fois boulevard Voltaire, il tourna à droite et la pluie commença effectivement à tomber, en larges hachures, au moment où il atteignait la place Voltaire.

Il entra dans un café d'habitués, en face de la mairie, où il savait qu'il y avait des billards dans l'arrière-salle, et il se disait que, s'il trouvait un partenaire, cela ne lui déplairait pas de faire deux cents points. Il n'était pas mauvais au billard, autrefois. Il aimait le mouvement des billes qui, lorsqu'on leur donne l'effet voulu, ont une façon presque intelligente de se mouvoir et il aimait aussi le bruit qu'elles font en s'entrechoquant.

Les deux billards étaient couverts de leur housse. Par contre, près de la vitre, il y avait des joueurs de belote et Maigret s'assit non loin d'eux. Il voyait deux jeux à la fois, de sa place sur la banquette, et un des joueurs ne tarda pas à se tourner vers lui avec un clin d'œil chaque fois qu'il avait de bonnes cartes.

Ce n'était pas désagréable, après tout. Le plus âgé des quatre devait être un retraité qui avait appartenu à la haute administration, car il était officier de la Légion d'honneur, et on appelait son partenaire « professeur ». Un professeur de lycée, probablement.

— Pique-maître, encore pique-maître et atout...

Le retraité fut le seul à tendre la main quand un vendeur de journaux entra dans le café. Il se contenta d'ailleurs de poser le journal sur la table voisine sans le regarder et à ne se préoccuper que de ses cartes.

On annonçait enfin du nouveau. Comme Maigret s'en doutait, la P.J. n'était pas restée inactive, mais on ne peut pas offrir des nouvelles sensationnelles à la presse deux fois par jour.

Plusieurs titres se succédaient en première page, sous un titre plus gros que les autres :

L'ALIBI DU DOCTEUR JAVE
L'INSPECTEUR JANVIER A CANNES
LES BIJOUX DE LA MORTE

C'était beaucoup en une seule fois et Maigret cessa d'observer les joueurs pour se plonger dans sa lecture.

L'affaire du boulevard Haussmann, écrivait le petit Lassagne, vient, dans les dernières vingt-quatre heures, de prendre une tournure nouvelle qui permet de s'attendre à des surprises.

Le mérite en revient, semble-t-il, à l'inspecteur Janvier qui, en l'absence du commissaire Maigret, toujours en vacances, dirige l'enquête.

Dès le début de celle-ci, une commission rogatoire avait été envoyée à la Brigade Mobile des Alpes-Maritimes qui avait été chargée d'interroger Mlle Jusserand, la nurse de la petite Michèle Jave, toujours à la villa Marie-Thérèse.

Quels sont les renseignements que la P.J. a obtenus de la sorte ? Il ne nous a pas été permis de le savoir mais, hier matin, un de nos reporters au Quai des Orfèvres a suivi l'inspecteur Janvier qui partait précipitamment en voiture.

Cette filature, si nous osons nous exprimer ainsi, a conduit notre collaborateur à Orly, où l'inspecteur Janvier s'est précipité vers l'avion de Nice quelques instants seulement avant son envol.

Nous avons téléphoné aussitôt à notre correspondant de la Côte d'Azur et c'est ainsi que nous avons été mis au courant des nouveaux développements de l'affaire.

Comme nous l'avons déjà dit, Mlle Jusserand, jusqu'ici, s'était refusée à toute déclaration et c'est à peine si les reporters pouvaient parfois l'entrevoir avec l'enfant dans les jardins de la villa Marie-Thérèse.

Cette villa, louée pour six semaines par le docteur Jave, est située un peu en dehors de la ville, à mi-hauteur de la Californie. C'est une bâtisse peinte en jaune, construite au début du siècle dans le style rococo qui florissait à l'époque. Le jardin, assez vaste, est planté d'eucalyptus et de pins parasols.

Pendant trois jours, les journalistes locaux, ainsi que les photographes, ont fait en vain le pied de grue devant la grille qui ne s'ouvrait que pour laisser passer les fournisseurs.

L'inspecteur Janvier, dès son arrivée, a été reçu en compagnie d'un inspecteur de Cannes et leur entrevue avec Mlle Jusserand a duré plus de trois heures.

Mlle Jusserand est une femme d'une cinquantaine

d'années, peut-être davantage, au maintien rigide, au visage pâle et peu mobile, qui ne paraît pas commode. Elle a longtemps été infirmière dans une clinique privée et c'est là, semble-t-il, que le docteur Jave l'a engagée à la naissance de l'enfant.

Elle est célibataire et il est même difficile d'imaginer, à la voir, qu'il y ait jamais eu un homme dans sa vie.

Notre correspondant nous a fourni quelques détails sur la vie que les Jave menaient à Cannes jusqu'au moment du drame.

Ils avaient là-bas la grande Pontiac grise dans laquelle ils étaient venus de Paris par la route, il ne semble pas qu'Éveline Jave l'ait jamais conduite.

Le docteur s'en servait chaque matin pour conduire sa femme, la nurse et l'enfant à la plage où lui-même ne restait pas, car il se rendait aussitôt sur un court de tennis proche, où il s'entraînait pendant deux heures avec un professeur.

Sur la plage, Éveline Jave ne s'est liée avec personne. Elle se baignait avec l'enfant et restait ensuite allongée sur le sable, toujours sous un parasol, sans s'exposer au soleil, tandis que la nurse surveillait sa fille.

Vers midi, le docteur revenait les prendre et tout le monde rentrait à la villa Marie-Thérèse.

Notre correspondant, qui a pu bavarder avec la cuisinière engagée dans le pays pour le temps de. vacances, lui a demandé :

— Était-ce un ménage uni ?

— Je ne sais pas.

— Leur arrivait-il de se disputer ?

— Je n'ai rien entendu.

— Les avez-vous parfois surpris en train de s'embrasser ?

— Oh! monsieur...

Le docteur passait ses après-midi, soit à lire des ouvrages médicaux au fond du jardin, soit à se promener sur la Croisette, où il prenait invariablement son apéritif au bar du *Majestic*.

Au sortir de la villa Marie-Thérèse, l'inspecteur Janvier, qui paraissait soucieux, s'est refusé à toute déclaration et s'est dirigé vers l'aéroport. Mais ce matin, à Paris, vraisemblablement après consultation avec le juge Coméliau, il s'est décidé à recevoir les journalistes et à leur donner quelques indications sur les résultats de son voyage.

Cela s'est passé un peu comme les fameuses conférences de presse de la Maison Blanche, sur une échelle réduite, bien entendu, chacun lui posant des questions. L'inspecteur n'a pas répondu à toutes.

Voici tout d'abord, en quelques mots, l'emploi du temps de Jave et de sa femme pendant les heures qui ont précédé la mort de celle-ci. Il s'agit de la version fournie par Mlle Jusserand.

Le vendredi, vers neuf heures du soir, alors que son mari était sorti pour une marche dans le quartier, Éveline Jave a appelé Paris et a eu une assez longue conversation.

L'inspecteur Janvier ne nous a pas caché qu'on avait retrouvé le numéro demandé et qu'il s'agit de celui du docteur Négrel, à son domicile de la rue des Saints-Pères.

Un peu plus tard, Mme Jave annonçait à la nurse :

— Demain, je serai absente toute la journée. Je vais voir une amie à Saint-Tropez.

Et elle lui donnait des instructions au sujet de la maison.

Il est probable qu'elle a annoncé la même chose à son mari. Elle devait prendre la micheline qui quitte Cannes à huit heures dix et avait commandé un taxi pour se faire conduire à la gare.

C'est ici que nous assistons à un véritable renversement de la situation. On avait admis que Jave était parti sur les traces de sa femme, qu'il avait raté, à Nice, l'avion de neuf heures quinze et qu'il avait pris l'avion de Londres pour la rejoindre au plus vite.

Les déclarations de Mlle Jusserand anéantissent cette théorie et montrent le médecin du boulevard Haussmann sous un jour nouveau.

Jave a quitté la villa Marie-Thérèse peu après sa femme, en effet, comme s'il avait attendu que la voie soit libre, et, au volant de son auto, s'est dirigé vers l'aéroport de Nice, où il a raté l'avion de Paris de deux ou trois minutes seulement.

Il ne s'est informé de sa femme auprès d'aucun employé. Selon la nurse, il ignorait à ce moment que Mme Jave avait pris l'avion et il la croyait réellement chez une amie à Saint-Tropez.

C'était lui, en réalité, qui profitait de l'absence de sa femme pour faire une escapade.

Et c'est bien d'une escapade qu'il s'agit, les vérifications de la police allaient le prouver.

Maigret dut tourner la page de son journal et suivit machinalement une partie de cartes. En troisième page, il y avait un nouveau titre.

LA VIE SECRÈTE DU DOCTEUR JAVE

Nous ne pouvons mieux faire que reproduire ici quelques-unes des questions et réponses qui se sont échangées dans le bureau de l'inspecteur Janvier, qui n'est autre que le bureau du commissaire Maigret où l'inspecteur s'est installé.

Maigret tiqua, sans raison.

— Mlle Jusserand a-t-elle parlé de bon cœur ?
— Non. En réalité, il a fallu lui arracher les réponses une à une, et non sans peine.
— Semble-t-elle dévouée à ses patrons ?
— J'ai l'impression qu'elle voue une même haine à tous les hommes.
— Quelles étaient ses relations avec Mme Jave ?
— Je crois qu'elle ne l'aimait pas.
— En somme, elle n'aime personne ?
— L'enfant, qu'elle considère un peu comme le sien, et elle-même. Elle a une très haute opinion d'elle.

— Est-ce la femme à écouter aux portes?

Ici, Janvier avait risqué une petit phrase qui allait lui mettre quelques millions de lectrices à dos.

— Toutes les femmes n'écoutent-elles pas aux portes?
— Vous avez foi en son témoignage?
— Jusqu'ici, tout ce qu'elle a dit, ou presque, a été vérifié.
— Le docteur avait une liaison à Paris?
— Oui. Et même plus qu'une liaison. On pourrait peut-être parler d'un grand amour.
— Sa femme le savait?
— Officiellement, non.
— Mais Mlle Jusserand était au courant?
— Apparemment.
— D'autres personnes étaient dans le secret?
— Josépha.
— Pourquoi?
— Parce qu'il s'agit de sa fille Antoinette, qui habite la rue Washington, à deux pas de l'appartement du boulevard Haussmann.
— Josépha était consentante?
— Oui.

L'inspecteur Janvier, alors, nous a fourni quelques détails troublants. Voilà deux ans environ, Antoinette Chauvet, la fille de Josépha, qui était alors vendeuse dans un magasin des Grands Boulevards, a fait un début de phtisie et le docteur Jave s'est proposé pour la soigner.

Signalons en passant que la jeune fille n'est pas sans rappeler physiquement Mme Jave. Comme elle, elle est plutôt maigre, avec un visage chiffonné et des yeux qu'on dirait peureux.

Jave a pris l'habitude d'aller la voir rue Washington. Comme elle avait besoin de repos complet, il a subvenu à son entretien, l'a même envoyée deux mois à la campagne.

A son retour, les visites ont continué et n'ont pas cessé depuis deux ans.

C'est cette situation qui a fait dire à certains que la jeune fille était de mœurs légères. En effet, elle n'a pas repris son travail, une fois guérie, et chaque fois qu'il avait un moment de libre entre deux visites professionnelles, le docteur Jave se précipitait rue Washington.

— Même quand Josépha s'y trouvait?

— Même quand Josépha s'y trouvait. Pour celle-ci, Jave est une sorte de demi-dieu qui a tous les droits.

— C'est chez Antoinette Chauvet que Jave se rendait précipitamment samedi?

— La concierge de la rue Washington le confirme, car elle l'a vu arriver trois quarts d'heure à peine après que l'avion de Londres eut atterri à Orly.

— Jusqu'à quelle heure est-il resté?

— Un instant. A ce moment-là, Josépha était absente, de sorte que nous n'avons que le témoignage d'Antoinette. Selon celle-ci, Jave n'a quitté la rue Washington qu'à sept heures du soir, juste à temps, étant donné l'encombrement des rues à cette heure-là, pour prendre le train de huit heures à la gare de Lyon.

— Et Josépha?

— Elle prétend toujours avoir quitté le boulevard Haussmann peu de temps après le docteur Négrel, soit vers six heures, et être allée chez sa fille.

— Où elle a trouvé Jave?

— Oui.

— Elle est restée avec le couple jusqu'à sept heures?

— Elle l'affirme.

— De sorte que Jave a un alibi?

L'inspecteur Janvier ne s'est pas montré aussi catégorique. Étant donné la dévotion d'Antoinette et de sa mère pour le docteur, il est certain que leur témoignage peut être considéré comme suspect. La concierge d'autre part, qui a vu entrer Jave, ne l'a pas vu sortir. Il est vrai que, vers cette heure-là, elle était chez un épicier voisin et que la loge est restée vide pendant quinze ou vingt minutes.

A supposer que Philippe Jave ait quitté la rue Washington vers sept heures, n'a-t-il pas eu le temps de courir boulevard Haussmann, de tuer sa femme, de l'enfermer dans le placard et de se précipiter à la gare de Lyon ?

C'est peu probable, mais une reconstitution doit être faite aujourd'hui afin d'éclaircir ce point.

Maigret était soucieux. Il y avait jusqu'ici quelque chose qui ne collait pas. Pardon ne lui avait-il pas confié que Jave passait pour être criblé de dettes et pour danser sur la corde raide ?

Antoinette, dans son logement modeste de la rue Washington, ne devait pas être une femme bien coûteuse.

Il était un peu jaloux aussi, jaloux de Janvier, non pas à cause de son succès, mais pour une question ridicule. Chaque fois qu'une enquête entraîne des frais, des déplacements, il faut se battre, à la P.J. avec les dispensateurs de fonds, et ceux-ci épluchent les notes de frais avec une minutie vexante.

Comment Janvier avait-il obtenu de se rendre à Cannes par avion ? Il fallait qu'on attache une importance exceptionnelle à cette affaire pour délier ainsi les cordons de la bourse.

LA FEMME AUX BIJOUX

De temps en temps, un des joueurs l'observait, et il y en eut même un pour se pencher vers lui afin de jeter un coup d'œil au journal.

— C'est Jave ? questionna-t-il.

— On ne sait pas encore.

— Pour moi, c'est lui.

S'il avait lu la suite de l'article il aurait sans doute été moins affirmatif.

Le voyage de l'inspecteur Janvier à Cannes a apporté une autre surprise qui n'est pas moindre que la première.

Depuis plusieurs jours, déjà le bruit courait que les Jave, malgré leur aisance apparente, n'étaient pas dans une situation financière brillante et que le docteur avait des dettes.

L'idée qui venait tout de suite à l'esprit était que Jave avait une seconde vie, probablement une maîtresse dépensière, car il n'était ni joueur, ni spéculateur.

Quel gouffre engloutissait donc les revenus importants de Mme Jave et les honoraires plus que respectables de son mari ?

C'est Mlle Jusserand, une fois encore, qui a apporté la clef de l'énigme.

L'a-t-elle fait par vengeance féminine ou innocemment ? Ce n'est pas à nous d'en juger. Toujours est-il qu'au moment où l'inspecteur Janvier allait se retirer, elle lui a demandé :

— Vous ne voudriez pas emporter le coffret à bijoux ? Puisque je reste seule ici avec l'enfant et la cuisinière, je n'aime pas en prendre la responsabilité.

— Où se trouve ce coffret ?

— Dans la chambre de madame. Elle l'emporte toujours avec elle quand elle voyage et je suis surprise qu'elle l'ait laissé ici.

Il s'agit plutôt d'une mallette, qui vient de chez un sellier fameux du faubourg Saint-Honoré. Comme il fallait s'y attendre, elle était fermée à clef.

— Je sais où se trouve la clef, a déclaré Mlle Jusserand qui, décidément, est au courant de bien des choses.

Elle a désigné le tiroir d'une commode, où la clef était en effet glissée sous une pile de lingerie.

L'inspecteur Janvier ne nous a pas caché sa surprise à la vue des bijoux que contenait la mallette. Ils n'ont pas encore été expertisés, mais on peut, à première vue, évaluer leur valeur à une trentaine de millions, bagues, colliers, bracelets, clips et boucles d'oreilles, le tout provenant des meilleures maisons de la rue de la Paix.

On comprend maintenant pourquoi nous avons parlé de retournement de la situation.

On s'attendait à découvrir que le docteur Jave, dont la femme était si simple et si modeste en apparence, avait une maîtresse gaspilleuse.

Il apparaît tout à coup que c'était sa femme qui déséquilibrait son budget, alors que sa maîtresse se contentait d'une existence obscure.

Nous avons pu joindre le frère de la victime, Yves Le Guérec, par téléphone. Il se trouve toujours à l'Hôtel Scribe et il ne nous a pas caché la raison de son séjour prolongé à Paris.

Il entend emmener la dépouille mortelle de sa sœur à Concarneau, afin qu'elle soit inhumée dans le caveau de la famille.

Or, en tant que mari, c'est à Jave de décider.

— Vous lui avez posé la question ?

— Je n'ai pu, ni le voir, ni lui parler au téléphone. Je lui ai écrit, ou plutôt je lui ai fait écrire par mon avocat, car je ne veux avoir aucun rapport avec cet homme, et nous n'avons encore reçu aucune réponse.

Une bataille va-t-elle s'engager autour du cadavre entre le mari et le frère.

Le Guérec, lorsque nous avons pris contact avec lui, n'était pas au courant de la découverte des bijoux, nous lui avons demandé :

Votre sœur était-elle coquette ?

— Trop peu à mon avis. Malgré sa fortune, elle a toujours refusé de s'habiller chez les grands couturiers et elle faisait une partie de ses robes elle-même.

— Elle aimait les bijoux ?

— Elle n'en portait pour ainsi dire pas. Quand ma mère est morte, on a fait, entre elle et ma femme, le partage des bijoux de famille. Ils étaient sans grande valeur, surtout des bijoux anciens. Éveline a laissé ma femme choisir sans s'inquiéter de sa part.

— Elle possédait pourtant une trentaine de millions de bijoux.

— Vous dites?

— Je dis une trentaine de millions.

— Qui prétend cela?

— On les a découverts à Cannes.

Le Guérec a soudain changé de ton au bout du fil :

— Où voulez-vous en venir?

— Nulle part. Je me demandais si vous étiez au courant, si, jeune fille, votre sœur avait déjà une passion pour les diamants, les rubis et les émeraudes.

— Je suppose que ce serait son droit?

— Sans aucun doute.

— Je vous fais remarquer, en outre, qu'avec sa part des revenus de l'usine, elle pouvait se le permettre sans avoir besoin de faire appel à son mari. C'était son argent, non?

— D'une façon, oui...

— Dans ce cas, je ne vois pas pourquoi on s'occupe de savoir ce que ma sœur en faisait. Si elle a préféré acheter des bijoux, cela la regarde.

— Bien entendu.

Sur quoi Yves le Guérec a raccroché assez brutalement.

Nous nous sommes rendus, vers midi, rue Washington, où le trottoir était encombré de photographes.

L'immeuble dans lequel Antoinette Chauvet habite un logement au quatrième étage est vieillot, mais décent. L'ascenseur ne fonctionnant pas, nous avons monté les étages à pied, mais c'est en vain que nous avons frappé à la porte qui nous était désignée.

Une porte voisine s'est ouverte. Une femme d'un certain âge à cheveux gris, vêtue de noir, nous a annoncé :

— Si c'est Mlle Chauvet que vous cherchez, elle n'est pas chez elle.

— Il y a longtemps qu'elle est sortie?

— Deux jours.

— Vous ne l'avez pas vue depuis deux jours?

— Non. Il n'y a que sa mère qui soit venue deux fois, mais elle a la clef.

— Vous ne savez pas si la jeune fille a emporté des bagages ?

— Vous appelez ça une jeune fille ? Quelqu'un qui reçoit des hommes mariés ?

— Pourquoi dites-vous *des* ? Il y en avait plusieurs ?

— Si on en reçoit un, on est capable d'en recevoir d'autres, voilà mon opinion. Et quand une mère assiste à ces choses-là, je prétends...

Nous n'avons pas pu connaître l'opinion complète de la voisine sur Josépha, car, suffoquée par l'indignation, elle a brusquement battu en retraite et nous a fermé la porte au nez.

Où est Antoinette Chauvet ? A-t-elle voulu échapper aux journalistes et aux photographes ?

La police doit le savoir, puisqu'elle a été à même de l'interroger, mais, quand nous avons téléphoné à l'inspecteur Janvier pour avoir son adresse actuelle, il nous a répondu qu'il était inutile de la déranger pour le moment.

Il est difficile, on le voit, de résumer la situation. L'affaire, au lieu de se simplifier, devient plus confuse.

Un certain nombre de questions se posent, auxquelles il est encore impossible de répondre.

Éveline Jave était-elle au courant de la liaison de son mari ?

Pourquoi, vendredi soir, a-t-elle téléphoné au docteur Négrel, chez lui ? (A noter que ce coup de téléphone semblerait confirmer les dires de la concierge de la rue des Saints-Pères, qui prétend avoir vu la jeune femme deux fois au moins se rendre chez son locataire).

Pourquoi, après avoir prétendu qu'elle allait rendre visite à une amie, à Saint-Tropez, Mme Jave a-t-elle pris l'avion pour Paris ?

Éveline et Gilbert Négrel se sont-ils rencontrés ?

Les témoignages d'Antoinette Chauvet et de Josépha sont-ils des témoignages de complaisance et le docteur Jave n'a-t-il vraiment pas eu le temps de se rendre boulevard Haussmann avant de départ du Train Bleu?

Enfin, pourquoi Éveline Jave, qui n'était pas coquette et qui portait peu de bijoux, en amassait-elle avec une sorte de frénésie maladive?

Maigret replia le journal en soupirant et appela le garçon pour commander une nouvelle consommation. Son voisin questionna :

— C'est lui?

— On ne sait toujours pas.

— Croyez-moi! les jeunes sont rarement assez jaloux pour tuer. Ce sont les hommes de votre âge et du mien qui voient rouge.

Le commissaire s'efforça de ne pas sourire. Le joueur de belote se doutait peu qu'il s'adressait à un homme qui, en trente ans, avait eu à se pencher sur tous les drames de Paris.

Il est vrai que, s'il l'avait su, il n'aurait sans doute pas eu moins d'assurance. Les gens ont d'autant plus confiance dans leur propre jugement qu'ils ont moins de connaissance ou d'expérience pour l'étayer.

— La même chose, garçon.

Il louchait vers les deux billards avec une envie enfantine de jouer. Il y avait bien un petit vieux, en face de lui, qui avait une tête d'amateur de billard, mais il lisait le journal en buvant un café-crème et Maigret n'avait pas l'audace de le déranger.

Janvier s'en tirait bien. Le commissaire, à présent, pouvait se faire une idée de ses allées et venues, du sens de ses recherches. On devait être en train, Quai des Orfèvres ou boulevard Haussmann, de questionner à nouveau le docteur Jave.

Et Maigret aurait donné gros pour procéder lui-même à cet interrogatoire-là. Il aurait aimé aussi se trouver une demi-heure face à face avec Mlle Jusserand, la nurse qui détestait les hommes et qui, de son plein gré, sans qu'on lui demande, avait révélé le secret des bijoux.

Josépha, pour lui, ne posait pas de problème. Il en avait connu beaucoup comme elle, des veuves laborieuses, qui avaient obéi toute leur vie à la morale traditionnelle mais qui, quand il s'agissait de leur fille, se montraient soudain pleines d'indulgence.

Le petit Lassagne écrivait qu'à ses yeux, Jave était un demi-dieu. Cela se comprenait. Il avait sauvé sa fille. Il avait dû, au début, se pencher sur elle avec une tendresse presque paternelle.

Cela ne le surprenait pas non plus que Jave soit tombé amoureux d'une femme qui ressemblait à la sienne. C'est fréquent. Chaque homme est plus ou moins attiré par un type déterminé.

Peut-être même était-ce la preuve que le docteur, à Concarneau, n'avait pas fait un mariage d'argent, mais un mariage d'amour ?

Il s'était trouvé en présence d'une jeune fille frêle, repliée sur elle-même, qui menait une vie sans joie.

Éveline s'était-elle révélée plus tard différente de ce qu'il avait pensé ? N'y avait-il pas une indication dans l'histoire des bijoux amassés comme des provisions dans une fourmilière ?

Le hasard lui faisait connaître, trois ans plus tard, une autre jeune fille, malingre aussi, malade aussi, menacée, comme la première, dans sa chair.

Était-il étrange que le déclic se produise à nouveau comme il s'était produit une première fois ?

Il était parti pour Cannes avec sa famille, laissant Antoinette à Paris. Sa femme lui annonçait qu'elle allait passer la journée, peut-être la nuit suivante, chez une amie, à Saint-Tropez.

N'en avait-il pas profité pour se précipiter à l'aéroport afin d'avoir quelques heures avec Antoinette ?

Cela se tenait. On pouvait faire un certain nombre d'objections, mais on pouvait aussi y trouver des réponses.

S'il en était ainsi, il n'avait aucune raison de se rendre boulevard Haussmann. Pas tant que Négrel y était, en tout cas. Après six heures, une fois la place libre.

Que serait-il allé y faire ?

D'autre part, pourquoi, venu en avion, n'était-il pas reparti par l'avion, qui l'aurait déposé à Nice le soir-même, de sorte qu'Éveline aurait ignoré sa fugue, en supposant qu'il l'ait crue à Saint-Tropez ?

Parmi les questions qu'il posait, Lassagne glissait :

— Mme Jave était-elle au courant des amours de son mari ?

Il en oubliait une autre, aussi plausible, à laquelle on n'avait pas encore de réponse non plus :

— Le docteur Jave était-il au courant des relations entre sa femme et son remplaçant ?

Car des relations existaient entre eux, sur un plan ou sur un autre, puisque Mme Jave avait téléphoné le vendredi soir au jeune médecin.

On ne doutait plus du témoignage de la concierge. Il lui était bien arrivé, par deux fois au moins, de se rendre rue des Saints-Pères.

Si Jave savait sa femme à Paris, et non à Saint-Tropez, il n'avait pas manqué l'avion, mais il en avait pris volontairement un autre.

Qu'est-ce que Janvier allait faire ? Maigret imaginait l'impatience du bouillant juge Coméliau qui devait insister pour qu'on arrête le docteur Négrel.

Il pleuvait toujours. Il n'y avait toujours personne pour faire un billard. Maigret paya ses consommations, adressa un vague signe de tête aux joueurs de belote et sortit, les mains dans les poches.

Il lui semblait qu'à la place de Janvier...

Ce n'était pas une pluie désagréable et il marcha sans s'en rendre compte jusqu'à la place de la République, entra dans sa brasserie du matin, commanda un demi, de quoi écrire et s'appliqua à tracer des lettres en caractères d'imprimerie, comme il l'avait déjà fait une fois.

Son message était aussi bref que le premier, adressé à Janvier encore :

A VOTRE PLACE, J'IRAIS A CONCARNEAU.

Puisqu'aussi bien l'administration se montrait assez généreuse pour payer l'avion de
Nice !...

6

LE VOYAGE A CONCARNEAU

L'AVIS ANONYME
envoyé par Maigret n'avait pas eu le temps
d'atteindre le Quai des Orfèvres que quelqu'un
d'autre décidait le voyage à Concarneau et
l'entreprenait d'une façon spectaculaire. Il
y avait eu d'abord un événement beaucoup
plus important, mais le commissaire ne
devait l'apprendre qu'en même temps que
le gros public.

Il avait fini, sous la pluie, par retourner
boulevard Richard-Lenoir. Comme dans un
hôtel de plage par mauvais temps, il avait
questionné, sans même s'asseoir dans son
fauteuil :

— Qu'est-ce que nous faisons ?

— Ce que tu voudras.

Il n'était que cinq heures de l'après-midi
et il fallait remplir le reste de la journée.

— Pourquoi n'irions-nous pas au cinéma ?

Cela ferait deux fois dans la même semaine
ce qui ne leur était pas arrivé depuis des

années et des années. Cette fois, seulement, pour marquer la différence, au lieu de se contenter de leur cinéma de quartier, ils prirent le métro et choisirent une grande salle des Champs-Élysées.

C'est là qu'après les actualités et la bande documentaire il y eut un silence prolongé et qu'on projeta ensuite sur l'écran un texte qu'on avait dû écrire à la hâte sur une plaque de verre comme au moment des élections et des grandes catastrophes.

DERNIÈRE MINUTE
L'AFFAIRE DU BOULEVARD HAUSSMANN
LE DOCTEUR GILBERT NÉGREL
A ÉTÉ ARRÊTÉ CET APRÈS-MIDI
A SON DOMICILE

C'était impressionnant, dans l'immense salle qui n'était qu'au tiers pleine, après les images mouvantes soutenues par la musique, de ne voir qu'un texte immobile qui semblait émaner d'une ancienne lanterne magique. Des spectateurs bougeaient, mal à l'aise dans leur fauteuil. On entendit tousser à différents endroits, puis il y eut des chuchotements.

L'écran redevint blanc, mais toujours lumineux, et c'est une photographie du jeune médecin qui prit la place de l'information. Il n'était pas seul. Il faisait partie d'un groupe de médecins en blouse blanche, dans la cour d'un hôpital. Une croix, sous un des personnages, désignait celui que

Coméliau venait d'envoyer au Dépôt sous l'inculpation de meurtre.

Enfin, l'image effacée, une autre prit sa place, la photographie que les journaux avaient déjà publiée d'Éveline Jave, en maillot de bain sévère, sur la plage bretonne.

Quelqu'un, dans l'obscurité de la salle, cria :

— Assez !

Un homme d'un certain âge murmura, derrière Maigret :

— Je savais bien que c'était lui.

L'écran s'obscurcit encore et ce fut un soulagement d'entendre la musique qui préludait au grand film, dont le générique commença à apparaître.

Maigret ne fut pas soulagé comme les autres parce que, tout en s'efforçant de s'intéresser au film qui se déroulait, il était malgré lui en esprit Quai des Orfèvres, où il imaginait Négrel dans son bureau, puisqu'aussi bien c'était dans son bureau que Janvier s'était installé.

A certain moment, Mme Maigret glissa sa main dans la sienne, comme si elle comprenait, et, quand il sortirent avec la foule, elle ne lui posa aucune question, ne se permit aucun commentaire.

Les Champs-Élysées avaient commencé, aux lumières, leur vie du soir et, comme des centaines, des milliers d'autres, ils restèrent hésitants à se demander dans quel restaurant ils iraient dîner. Ils choisirent en fin de compte, pour ne pas marcher, un vaste établissement qui avait la spécialité des poissons et des fruits de mer et se trouvèrent installés à une table minuscule où Maigret n'avait pas de place pour ses jambes.

Ce n'est que le lendemain qu'il devait apprendre le reste, en ouvrant les journaux du matin place de la République. Le vent avait remplacé la pluie.

MAITRE CHAPUIS A CONCARNEAU

Comme la radio l'a annoncé hier soir, le juge d'Instruction Coméliau a pris, au début de l'après-midi, la décision de placer le docteur Négrel sous mandat de dépôt et l'inspecteur Janvier, accompagné de son collègue Lapointe, s'est rendu vers trois heures rue des Saints-Pères.

Ils ont trouvé le jeune médecin en compagnie de sa fiancée, Martine Chapuis, et de son futur beau-père, l'avocat Noël Chapuis.

Tous les trois paraissaient calmes et s'attendaient visiblement à cette mesure.

En traversant le trottoir pour pénétrer dans la voiture de la police, le docteur Négrel s'est arrêté un instant afin de permettre aux photographes d'opérer et, comme on le verra sur notre cliché, il avait aux lèvres un sourire à la fois amer et confiant.

Maître Chapuis l'a accompagné dans l'auto. Quant à Martine Chapuis, restée seule en proie aux journalistes, elle s'est contentée de déclarer :

— Je ne crains rien. Gilbert est innocent.

L'interrogatoire, à la P.J. n'a duré que quarante minutes, après quoi, sans menottes, toujours maître de lui et presque serein, Négrel a été conduit par deux inspecteurs dans une des cellules du Palais de Justice.

Aux journalistes qui le harcelaient, dans le couloir de la Police Judiciaire, Maître Chapuis a annoncé :

— Je suis plus confiant que jamais. Pour défendre mon client, il me faut découvrir la vérité et je sais que je la découvrirai. Je prends, ce soir, le train pour Concarneau.

— Vous croyez, Maître, que la vérité est à Concarneau ?

L'avocat s'est contenté d'un geste vague, mais n'a pas dit non.

Cela explique pourquoi, à sept heures trente-cinq, une demi-douzaine de reporters prenaient, en même temps que le défenseur du docteur Négrel, le train à la gare Montparnasse.

L'avocat et les journalistes ont fait le voyage dans le même compartiment et sont arrivés ce matin dans le port breton.

Peut-être est-ce une coïncidence, mais Yves le Guérec, frère de la victime, se trouvait dans un autre wagon du même train. Il n'a eu aucun contact avec le premier groupe.

Le docteur Jave, de son côté, n'a toujours pas quitté son appartement du boulevard Haussmann, où Josépha prend soin de lui. Le téléphone reste muet. Vers six heures, l'inspecteur Lapointe, qui est le plus jeune inspecteur de la P.J. lui a rendu visite et a passé près de deux heures avec lui. A sa sortie, il s'est refusé à toute déclaration.

Selon une information que nous n'avons pu contrôler, Antoinette Chauvet se trouverait dans un hôtel dont, seule la police, et sans doute sa mère et le docteur Jave, connaissent l'adresse.

Maigret, impatient, faillit succomber et téléphoner au Quai des Orfèvres. Cela commençait à lui peser de jouer le public. Il sentait que l'affaire prenait enfin un rythme accéléré, que la vérité n'était probablement pas loin et il se morfondait dans l'attente des nouvelles.

Cela l'avait impressionné, la veille, au cinéma, de voir les deux photographies, un peu comme s'il se fût agi d'une exhibition indécente.

Ils déjeunèrent dans le quartier, Mme Maigret et lui, dans un restaurant proche de la

Bastille dont les habitués étaient presque tous en vacances et que les touristes ne connaissaient pas, de sorte que la salle était aux trois quarts vide.

Le patron vint lui serrer la main.

— Je vous croyais en vacances, commissaire.

— J'y suis.

— A Paris ?

— Chut !

— Vous êtes revenu pour l'affaire du boulevard Haussmann.

Il n'aurait pas dû se montrer dans un endroit familier.

— Nous sommes de passage, ma femme et moi. Nous repartons tout à l'heure.

— Quelle est votre opinion ? C'est le jeune ?

— Je n'en sais rien.

Cela dépendait de tant de choses dont il n'avait pas la moindre idée ! Janvier possédait-il des informations dont il n'avait pas parlé à la presse ? C'était possible et c'était bien ce qui vexait le commissaire. D'une part, il ne pouvait s'empêcher d'essayer de résoudre le problème et, de l'autre, il n'avait pas toutes les cartes en main.

Comme, un peu plus tard, ils s'installaient à une terrasse, place de la Bastille, sans s'être donnés la peine de changer de quartier, Mme Maigret remarqua :

— Je me demande comment ils font à Londres et à New-York.

— Que veux-tu dire ?

— Il paraît qu'ils n'ont pas de terrasses.

C'était vrai qu'ils venaient de passer une bonne partie de la semaine à la terrasse des cafés Le commissaire guettait l'arrivée des journaux. Deux filles encore jeunes faisaient les cent pas devant la porte d'un hôtel meublé.

— Tu vois qu'il y en a encore.

Et elle ne fit aucune réflexion quand son mari répliqua :

— J'espère bien!

Un gamin apparaissait, une pile de journaux sur le bras, et Maigret avait la monnaie toute prête.

D'un geste qui était déjà devenu machinal, il passa une des feuilles à sa femme, déploya l'autre, celle où écrivait Lassagne.

FIÈVRE A CONCARNEAU
POUR OU CONTRE ÉVELINE JAVE
LE DIVORCE DU DENTISTE

Lassagne racontait d'abord, presque dans les mêmes termes que les quotidiens du matin, l'arrestation de Gilbert Négrel, ajoutant seulement un détail : le docteur avait emporté une valise qui semblait préparée avant l'arrivée des policiers. Dans l'escalier, Martine Chapuis avait tenu à porter cette valise.

Il semblait que Maître Chapuis l'avait fait exprès d'annoncer d'une façon spectaculaire son voyage à Concarneau et que son arrière-pensée était d'entraîner la presse avec lui.

Était-ce pour créer une diversion ? Avait-il réellement son idée, lui aussi ? Lui avait-elle été suggérée par son futur gendre ?

Toujours est-il qu'en Bretagne la petite troupe avait envahi l'*Hôtel de l'Amiral*, quai Carnot, que Maigret connaissait pour y avoir mené jadis une enquête qui avait fait un certain bruit.

Selon son habitude, Lassagne commençait par brosser un tableau de la ville, du port, des remparts de la vieille ville.

Voilà deux jours encore, paraît-il, il y avait du soleil, mais c'est une tempête de nord-ouest qui nous a accueillis. Le ciel est bas et sombre. Les nuages passent vite presque au ras des toits et la mer est rageuse, même dans le port on voit les thoniers s'entrechoquer.

En ce qui concerne l'affaire du boulevard Haussmann aussi, c'est un climat tout différent de Paris que nous trouvons ici. On sent que les passions couvent, que la population a déjà pris parti pour ou contre.

Et ce n'est pas pour ou contre le docteur Jave ou le docteur Négrel que nous voulons dire. C'est pour ou contre Éveline Jave, peut-être pour ou contre les Le Guérec.

Il s'est produit, à la gare, un incident significatif. Alors que nous descendions du train en compagnie de Maître Chapuis, Yves Le Guérec sortant d'un autre wagon, paraissait attendre notre groupe. Il nous attendait, en effet, et ce n'était plus tout à fait le même homme que celui que nous avions rencontré à l'*Hôtel Scribe*, à Paris.

Plus dur, cassant, il nous a soudain interpellés, au milieu du flot des voyageurs.

— Messieurs, j'ignore ce que vous êtes venus chercher ici, mais je vous avertis que je poursuivrai en diffamation quiconque se permettra de calomnier ma sœur ou ma famille.

Nous avouons que c'est la première fois, au cours de notre carrière, que pareil avertissement nous est donné et, bien entendu, cela ne nous empêchera pas d'accomplir les devoirs de notre profession.

Après avoir rôdé deux heures dans la ville, déjà, nous avons mieux compris l'attitude agressive d'Yves Le Guérec.

Les Le Guérec font partie du clan des gros bourgeois, usiniers, armateurs, qui constituent un petit groupe fermé et qui ont peu de contacts avec le reste de la population.

Nous avons vu l'ancienne demeure des Le Guérec, face à la mer, boulevard Bougainville, et nous croyons avoir compris beaucoup de choses. C'est une énorme bâtisse de style néo-gothique, avec une tour et des fenêtres qui font penser à un couvent ou à une église. La pierre est sombre. Le soleil doit rarement pénétrer dans les pièces aux plafonds à poutres apparentes.

C'est ici que celle qui devait devenir Mme Jave a passé son enfance et son adolescence. En fait, les Le Guérec ont habité la maison jusqu'à la mort du père et Yves s'est alors fait construire une villa moderne au bout de la plage des Sables Blancs.

Nous avons vu l'usine aussi, dont on reconnaît l'odeur à plus de deux cents mètres et où, à la saison, travaillent trois cents femmes dont l'âge va de quatorze à quatre-vingt-deux ans.

Pourquoi, dans cette ville, le contraste entre les patrons et le petit peuple est-il plus grand que partout ailleurs ? Est-ce le temps, le ciel maussade, le vent et la pluie tombant par rafales qui nous a donné cette impression ?

Nous avons parlé à des pêcheurs sur les quais, nous sommes entrés dans des boutiques, dans des bars. Nous avons écouté. Nous avons posé des questions.

Certes, il y a unanimité pour plaindre Éveline Jave et nul ne se réjouit de sa mort. Mais on entend dire, par exemple :

— Cela devait arriver un jour.

Il n'a pas toujours été facile d'en obtenir davantage. Les gens se méfient des étrangers, à plus forte raison des journalistes. En outre, la plupart dépendent des Le Guérec pour leur gagne-pain, ou d'autres usiniers et armateurs qui font cause commune avec eux.

Une petite vieille, pourtant, dans une épicerie, un châle noir serré sur sa poitrine, nous a dit, en dépit des coups d'œil de la boutiquière qui tentait de la faire taire :

— Ce pauvre docteur ne pouvait pas savoir ce qu'il épousait. Il venait de Paris, il était en vacances. Il a cru ce qu'on lui racontait. Si seulement il s'était donné la peine de se renseigner, il en aurait appris long sur la demoiselle. Et, d'abord, on lui aurait parlé de M. Lemaire, le dentiste, qui était un si gentil garçon.

En dépit des menaces d'Yves Le Guérec, force nous est de raconter cette histoire, qui nous a d'ailleurs été confirmée par une personne bien placée pour savoir et dont nous tairons le nom.

Éveline avait seize ans à l'époque et, d'après la rumeur publique, ce n'était pas sa première aventure. Elle recevait les soins d'un certain docteur Alain Lemaire, dentiste installé en face de la poste, alors marié depuis cinq ans et père de deux enfants.

— Ce n'est quand même pas pour ses dents, nous a dit la vieille, qu'elle allait le voir chaque jour, pendant tout un hiver, et qu'elle attendait sur la place la fin de ses consultations. Je l'ai vue de mes propres yeux, collée contre un mur, à épier les lumières du premier étage. Une autre fois, je les ai vus passer ensemble, dans l'auto du docteur Lemaire, et elle était si serrée contre lui que je me demande comment il pouvait conduire.

Mme Lemaire les a surpris dans une pose qui ne laissait aucun doute. C'est une femme orgueilleuse. Elle a commencé par gifler la gamine et par la jeter dehors, puis, pendant au moins une heure, on a entendu des bruits de dispute dans l'appartement.

Elle est partie, avec les enfants, et quelques semaines plus tard, de chez ses parents, à Rennes, elle a demandé le divorce.

Tout Concarneau est au courant. Les Le Guérec le savent et ils ont été assez embêtés. Pendant six mois, ils ont mis leur fille dans un couvent, je ne sais où, mais elle a fini par obtenir de revenir.

C'est le pauvre dentiste qui a été obligé de s'en aller parce qu'on l'accusait de détourner les gamines.

Et il n'y a pas eu que lui. Je pourrais vous citer d'autres hommes mariés, des gens très bien, très sérieux, après qui elle a couru. C'était plus fort qu'elle.

Ils ont essayé de la marier, mais personne d'ici ne l'aurait épousée. Un jeune notaire de Rennes a fréquenté leur maison pendant un temps, puis, une fois au courant, n'est plus revenu.

Vous imaginez l'aubaine quand un docteur de Paris s'est entiché d'elle ?

Mme Maigret, à côté de lui, devait lire à peu près la même chose, en d'autres termes, car elle se montrait choquée.

— Tu crois ça, toi ?

Il préféra ne pas répondre, sachant que sa femme n'aimait pas voir certaines réalités en face. Après tant d'années de vie avec lui, elle avait gardé du monde l'image qu'elle s'en était faite au temps de son enfance. Plus exactement, elle s'y raccrochait sans trop y croire.

— A seize ans ! soupirait-elle.

— Il semble qu'elle ait commencé avant ça.

— Tu as pourtant vu sa photographie.

Lassagne continuait :

Le docteur Lemaire, qui pourrait seul confirmer cette histoire, est maintenant installé au Maroc et sa femme, nous dit-on remariée, vivrait dans le Midi.

Nous avons recherché un certain nombre d'amies d'enfance d'Éveline et avons trouvé trois de ses compagnes de classe, dont deux sont maintenant mariées et ont des enfants. La troisième, qui travaille dans les bureaux d'un armateur ami des Le Guérec, nous a répondu vivement :

— Tout cela est faux. Et, d'ailleurs, cela ne regarde personne.

Quand nous avons interrogé une des deux autres, son mari était présent et l'a empêchée de nous répondre.

— Ne te mêle pas de ça. Tu sais que cela ne peut t'apporter rien de bon. Au surplus, ce n'est pas aux journalistes à mener l'enquête, mais à la police.

Sa femme s'est tue, à regret, croyons-nous, car elle semblait en avoir gros sur le cœur.

Une seule, donc, nous a répondu franchement, tout en continuant à faire son ménage.

— Tout le monde, à l'école, puis au lycée, savait qu'Éveline était malade et qu'elle pouvait mourir d'un moment à l'autre. C'est elle-même qui nous l'a dit et on nous avait averties qu'il fallait la ménager. Elle le savait aussi. Elle disait :

— Il faut que je profite de la vie, puisque je ne suis pas sûre d'avoir un jour vingt ans.

Nos jeux ne l'intéressaient pas. Aux récréations, elle restait seule dans un coin, à rêvasser. Un jour — elle devait avoir quatorze ans — elle m'a annoncé avec assurance :

— Je suis amoureuse.

Elle m'a cité le nom d'un homme fort connu en ville, un homme d'une quarantaine d'années, que nous rencontrions presque chaque soir en sortant du lycée.

— Il ne fait pas attention à moi, parce qu'il me prend pour une petite fille, mais je l'aurai.

Elle a pris l'habitude de sortir la dernière de l'école, afin de marcher seule dans les rues. C'était en décembre, si je me souviens bien. Il faisait noir de bonne heure.

A un mois de là, peut-être, elle m'a déclaré :

— Ça y est.

— Quoi ?

— Ce que je t'ai dit.

— Tu as... ?

— Pas encore tout à fait, mais presque. Je suis allée chez lui.

C'était un célibataire qui passait et qui passe encore pour avoir des bonnes fortunes. Je ne croyais pas Éveline. Je le lui ai laissé entendre.

— Bon! Alors, demain, tu n'as qu'à me suivre.

Je l'ai fait. Il l'attendait à un coin de rue et ils ont marché tous les deux jusqu'à une maison où ils sont entrés et où j'ai vu s'allumer les lampes et se fermer les rideaux.

— Est-ce que je t'ai menti? m'a-t-elle demandé le lendemain.

— Non.

— Avant une semaine, je serai une vraie femme.

Elle ne m'en a plus parlé mais je l'ai vue sortir un soir, à un mois de là, de la même maison.

Je sais qu'il y en a eu d'autres. Cependant, elle se montrait plus discrète. Ce n'est pas sa faute. Elle était malade, n'est-ce pas?

Selon Lassagne, il y avait l'autre camp, celui des défenseurs d'Éveline, et on allait jusqu'à mêler à cette affaire des questions politiques.

L'arrivée de Maître Chapuis a eu pour résultat de pousser les passions au paroxysme; il était à peine installé dans sa chambre d'hôtel que le téléphone commençait à sonner et les avis, anonymes ou non, se suivaient sans interruption.

Il est certain que, si les renseignements que nous avons recueillis, si les rumeurs dont nous venons, en dépit des menaces de Le Guérec, de nous faire l'écho, se confirment, l'affaire du boulevard Haussmann se présenterait sous un jour nouveau.

Ce que Maigret aurait voulu, c'était une réponse à deux questions.

Éveline était-elle au courant de la liaison de son mari avec la fille de Josépha?

Philippe Jave était-il au courant des relations de sa femme avec le docteur Négrel ?

Janvier, dans son bureau du Quai des Orfèvres, avait-il obtenu ces réponses-là ?

Maigret se souvenait d'une autre question, qu'il s'était posée le premier jour :

Pourquoi Éveline Jave était-elle nue quand on l'avait découverte dans le placard et pourquoi ses vêtements avaient-ils disparu ?

C'était un drame à trois personnages, tout comme un vaudeville, à la différence que quelqu'un y avait laissé la vie et qu'un homme allait y laisser sa tête ou tout au moins sa liberté.

— Tu penses, toi, que c'est nécessaire de raconter tout ça ?

Ou il fallait ne rien raconter du tout, ou il fallait tout dire.

— Si ce que dit le journal est vrai, c'était une malheureuse, plus à plaindre qu'à blâmer.

Il savait d'avance que ce serait la réaction de sa femme. Elle poursuivait, après un silence :

— Ce n'est pas une raison pour tuer quelqu'un, surtout d'une manière aussi lâche.

Elle n'avait pas tort, bien entendu. Mais qui l'avait tuée ? Et pourquoi ? C'était surtout le pourquoi qui l'intriguait.

Ce n'est qu'en connaissant mieux Éveline qu'on arriverait à comprendre les mobiles de son meurtrier.

Durant les dernières années, deux années au moins, elle s'était trouvée en quelque sorte entre deux hommes, son mari d'une part, le docteur Négrel de l'autre.

Si on pouvait supposer que chacun l'avait aimée à un moment donné, aucun des deux ne l'aimait plus le samedi où elle était morte.

Philippe Jave, pour des raisons que Maigret ignorait, mais qu'il croyait deviner, s'était peu à peu détaché d'elle et était tombé amoureux d'Antoinette Chauvet.

Gilbert Négrel, lui, s'était fiancé à une jeune fille qui paraissait être, pour lui, la compagne idéale.

Éveline savait-elle? Lui avait-il parlé de rompre leur liaison?

Et de quel genre au juste était cette liaison?

Les renseignements de Concarneau permettaient maintenant de s'en faire une idée. Éveline n'attendait pas qu'un homme lui fasse la cour. C'était-elle qui attaquait.

— Je l'aurai! avait-elle déclaré, encore gamine, à son amie, en parlant d'un quadragénaire.

Elle l'avait eu.

Quand Négrel avait commencé à fréquenter le boulevard Haussmann, n'avait-elle pas juré aussi :

— Je l'aurai!

Son mari, à cette époque-là, déjà amoureux d'Antoinette, devait la délaisser. Il lui était arrivé d'aller le soir en consultation alors qu'Éveline et Négrel restaient en tête à tête.

Négrel n'avait pas encore rencontré la fille de Maître Chapuis. Studieux, travailleur, il n'avait guère connu que des amours de rencontre.

Tout cela était plausible. Il ignorait le passé de la jeune femme à l'air si sage qui semblait sans défense devant la vie.

Il y avait quelque chose d'à la fois ironique et tragique dans cette situation.

Éveline, qui avait une si furieuse envie de vivre intensément, de vivre vite, de tout absorber de l'existence, restait seule entre deux hommes, et chacun des deux aimait ailleurs.

Son mari avait Antoinette — qui lui ressemblait !

Négrel avait Martine Chapuis, aussi décidée à l'épouser qu'Éveline l'avait été jadis d'avoir le quadragénaire de Concarneau.

Il ne lui restait rien, que ses bijoux, car son enfant ne semblait pas avoir pris une place importante dans sa vie et c'était surtout la nurse qui s'en occupait.

Cette accumulation de bijoux, qu'elle ne portait pas, jetait aussi une curieuse lueur sur son caractère.

Était-ce par avarice qu'elle les amassait de la sorte, comme certaines femmes qui se disent que c'est un capital qui leur restera quoi qu'il arrive ?

Maigret n'avait vu aucun des personnages du drame en chair et en os. Ce n'est qu'à travers les journaux qu'il s'était familiarisé avec eux. Il avait pourtant l'impression de ne pas se tromper en pensant que les bijoux constituaient une sorte de vengeance.

S'il avait pu téléphoner au Quai des Orfèvres, il aurait demandé à Janvier :

— A quelle date a-t-elle commencé à s'acheter ou à se faire offrir des bijoux?

Il aurait juré que cela coïncidait avec les débuts de l'aventure du docteur Jave avec Antoinette, en tout cas avec le moment où Éveline avait découvert qu'elle n'était plus aimée.

Elle restait une Le Guérec malgré tout. C'était *son* argent, l'argent Le Guérec, qui avait permis à son mari de s'installer boulevard Haussmann et de devenir un médecin à la mode.

Ne l'avait-elle pas acheté? Les revenus Le Guérec, encore, n'étaient-ils pas la plus grosse ressource du ménage?

Il ne l'aimait plus. Il avait une maîtresse. Il payait le loyer du logement de la rue Washington. Il entretenait la fille de Josépha, qui ne travaillait plus.

Dans son esprit à elle, n'était-ce pas toujours l'argent Le Guérec?

Alors, elle se mettait à dépenser à son tour. Et, pour dépenser plus vite, pour dépenser davantage, c'étaient des bijoux qu'elle s'offrait ou qu'elle exigeait de son mari.

Cela, Janvier était à même de le contrôler en examinant les comptes en banque. Il pouvait savoir aussi si la part des revenus de l'usine qui revenait à Éveline lui était versée directement ou était versée à son mari.

Les familiers du boulevard Haussmann ne s'étaient doutés de rien. Les patients du docteur non plus. Il marchait sur la corde raide.

Avait-il le droit, devant les exigences de sa femme, de dire :

— Non !

Il aimait Antoinette, se consolait avec elle d'un amour raté. Ne préférait-il pas payer le prix, pour être tranquille ?

La situation de Négrel n'était pas plus enviable que la sienne. Il n'avait pas repoussé les avances d'Éveline. Elle l'avait ému. Il était devenu son amant.

Quelle découverte avait-il faite à son tour qui l'avait éloigné d'elle ?

Il avait rencontré Martine et tous les deux avaient envisagé l'avenir ensemble.

Seulement, autant qu'on en pouvait juger, Éveline ne le lâchait pas. Elle allait le relancer rue des Saint-Pères. Elle lui téléphonait de Cannes. Elle se précipitait à l'aéroport pour venir le rejoindre le samedi.

Que voulait-elle, qu'exigeait-elle de lui ?

Elle en devenait pitoyable, dans sa course vers un bonheur impossible. Même divorcé, le dentiste de Concarneau avait quitté la ville sans plus se préoccuper d'elle. Les autres avaient profité du plaisir qu'elle leur offrait puis s'étaient hâtés de mettre fin à l'aventure.

Cela faisait penser à quelqu'un qui, tombé à l'eau dans un fort courant, se raccroche en vain à des épaves pourries.

L'amour la fuyait. Le bonheur la fuyait. Têtue, talonnée par l'idée de la mort, elle ne s'en obstinait pas moins.

Cela avait fini par un corps plié en deux, dans un placard.

Selon le médecin légiste, on l'avait d'abord frappée, à moins qu'elle ait été projetée contre un meuble ou contre l'angle d'un mur. L'ecchymose révélait une scène violente.

Scène de jalousie?

Philippe Jave, depuis la veille, avait un alibi, mais cet alibi était douteux puisqu'il venait d'Antoinette et de Josépha.

Négrel, lui, avait passé l'après-midi du samedi boulevard Haussmann et, pendant la plus grande partie du temps, Josépha s'était tenue dans l'appartement d'en face.

Éveline avait-elle été dévêtue avant ou après sa mort?

Si c'était avant, il fallait supposer que Négrel s'était laissé émouvoir et que le couple était passé dans la chambre qui se trouvait derrière le cabinet de consultation.

Une dispute avait-elle éclaté alors? Éveline avait-elle menacé d'empêcher le mariage de son amant? Avait-il frappé, puis affolé, lui avait-il fait une piqûre?

Dans ce cas, s'était-il trompé d'ampoule ou avait-il choisi sciemment le produit qui allait la tuer?

Les deux versions étaient possibles. Les deux s'expliquaient. Et aussi qu'il ait caché le corps dans le placard, puis remis de l'ordre dans la chambre, qu'au dernier moment, avisant les vêtements sur le sol ou sur un meuble, il les ait emportés pour les détruire.

Il était plus difficile d'imaginer Jave, arrivant de Cannes, passant d'abord chez sa maîtresse et, trouvant ensuite sa femme boulevard Haussmann, la déshabillant pour faire l'amour.

Si c'était lui qui l'avait tuée, c'était dans d'autres circonstances. Mais lesquelles ?

Fallait-il croire à une machination cynique, quasi scientifique ? Jave, par exemple, désireux depuis un certain temps de se débarrasser d'Éveline, afin de gagner à la fois sa liberté et la fortune, suivant celle-ci à Paris, se créant un alibi en passant rue Washington, surgissant boulevard Haussmann après le départ de son remplaçant et mettant son projet à exécution ?

Un fait était certain, à moins que les journaux n'aient pas écrit toute la vérité au sujet des clefs. Selon eux, il n'existait que quatre clefs de l'appartement, ouvrant toutes les deux portes donnant sur le palier. Josépha en avait une, Jave une autre, la concierge une troisième et c'était la clef de Mᵐᵉ Jave qui avait été remise au docteur Négrel pour le temps de son remplacement.

À moins que la concierge ait menti, pour une raison difficile à comprendre, quelqu'un, donc, avait ouvert la porte à Éveline.

Josépha affirmait que ce n'était pas elle.

Jave prétendait n'avoir pas mis les pieds boulevard Haussmann.

Négrel jurait qu'il n'avait pas vu la jeune femme.

Négrel, il est vrai, avait déjà deux mensonges à son actif, qui, tous les deux, pouvaient être mis sur le compte d'une certaine délicatesse masculine.

Il avait nié d'abord avoir eu des relations avec Mme Jave.

Il avait nié ensuite que celle-ci eût jamais pénétré dans son logement de la rue des Saints-Pères.

— Qu'il se débrouille! grommela soudain Maigret en faisant signe au garçon de lui apporter un autre demi.

— Tu parles de Janvier?

C'était à Janvier qu'il pensait, en effet. Cela l'irritait de rester dans le noir, de penser qu'au Quai ils avaient en mains des éléments qui lui permettraient d'y voir clair.

— Tu crois qu'il ne s'y prend pas bien?

— Au contraire, il s'y prend admirablement. Ce n'est pas sa faute si Coméliau a voulu coûte que coûte arrêter Négrel.

— Il est innocent?

— Je n'en sais rien. De toutes façons, c'est une faute de l'arrêter avant d'en savoir davantage. Surtout que, maintenant, Noël Chapuis va s'arranger pour brouiller les cartes. Ce n'est pas pour rien qu'il s'est rendu à Concarneau.

— Qu'est-ce qu'il espère?

— Prouver que Jave avait de bonnes raisons pour se débarrasser de sa femme.

— Ce n'est pas vrai?

— Si. Son client en avait autant.

— Tu es sûr que tu n'as pas envie de passer par ton bureau.

— Certain. D'autant plus que Janvier s'y est installé. Encore heureux qu'il ne fume que la cigarette, car il se servirait peut-être de mes pipes.

Cette sortie le soulagea et il se moqua de lui-même.

— N'aie pas peur. Je ne suis pas jaloux de ce brave Janvier. Cela me fait juste un peu mal au cœur. Allons!...

— Où?

— N'importe où. Sur les quais, si tu veux, du côté de Bercy.

Et Mᵐᵉ Maigret, qui pensait à ses pieds et à la longueur des quais, étouffa un soupir.

7

LE PETIT BAR
DU QUAI DE CHARENTON

MAIGRET S'ÉTAIT
enfin assis sur un banc et y était resté près
d'une demi-heure sans éprouver le besoin de
se lever. Sa femme, à côté de lui, n'en revenait pas de le voir si paisible et lui jetait de
temps en temps un coup d'œil étonné,
s'attendant toujours à le voir se dresser
d'une détente en disant :

— Viens!

C'était quai de Bercy, où l'ombre des
arbres était aussi douce et aussi quiète, cet
après-midi-là, que sur le mail d'une petite
ville. Le banc, Dieu sait pourquoi, tournait
le dos à la Seine, et les Maigret avaient
devant eux une étrange ville soigneusement
gardée et entourée de grilles où les maisons
n'étaient pas des maisons mais des entre-
pôts de vins et où les noms, sur les panneaux,
étaient les noms familiers qu'on voit sur les
bouteilles et, en plus grosses lettres, le long
des routes, sur le pignon des fermes.

Il y avait des rues, comme dans une vraie ville, des carrefours, des places et des avenues et, au lieu d'autos, c'étaient des barriques de tous calibres qui les encombraient.

— Tu sais comment, en langage policier, nous appelons un ivrogne qu'on ramasse sur la voie publique ?

— Tu me l'as déjà dit, mais j'ai oublié.

— Un Bercy. Par exemple, on demande à un agent cycliste si sa nuit a été calme et s'il ne s'est rien passé dans le secteur. Il répond :

« — Pas grand-chose, Trois Bercy. »

Il avait tout à coup regardé sa femme avec un léger sourire.

— Tu ne trouves pas que je suis un idiot ?

Elle avait feint de ne pas comprendre. Il n'en était pas moins persuadé qu'elle savait à quoi il faisait allusion. Elle trouvait en effet un air candide pour questionner.

— Pourquoi ?

— Je suis en vacances. Pardon a fini par me laisser à Paris, à la condition expresse de n'avoir aucun souci et de m'amuser. Pour une fois, les gens peuvent s'entretuer sans que cela me regarde.

— Et tu te ronges les sangs à cause de cette affaire, acheva-t-elle pour lui.

— Je ne me ronge pas les sangs. Je vais même t'avouer une chose : il y a des moments où cela m'amuse de jouer les détectives amateurs. Tu as déjà vu, à la foire, des soldats qui tirent sur des pipes avec de petites carabines ? Parfois, le jour même, ils ont râlé parce qu'on les faisait tirer sur le champ de manœuvres avec des vrais fusils. Tu comprends mon idée?

C'était rare qu'il en dise autant de ce qu'il avait sur le cœur et cela prouvait qu'il était détendu.

— Au début, cette histoire m'a intrigué. Elle m'intéresse encore. Malheureusement, un moment vient où je ne peux m'empêcher de me mettre dans la peau des gens.

Elle pensait évidemment à Jave et à Négrel en demandant :

— Dans celle de qui?

Et, riant, il répondit :

— Peut-être dans celle de la victime. Laissons donc Janvier à ses responsabilités et n'y pensons plus.

Il tint parole un bon bout de temps. Quand il se leva, ce fut pour entraîner Mme Maigret, non vers le boulevard Richard-Lenoir, mais vers le quai de Charenton où Paris prend tout à coup des airs de banlieue. Il avait toujours aimé les larges quais de déchargement encombrés de tonneaux et de matériaux de toutes sortes, les pavillons grisâtres, entre les immeubles neufs, qui rappelaient le Paris d'autrefois.

— Je me demande pourquoi nous n'avons jamais eu l'idée de chercher un appartement sur les quais.

De sa fenêtre, il aurait vu les péniches fraternellement collées les unes contre les autres, les marinières et les enfants aux cheveux couleur de chanvre, le linge qui sèche sur des cordes tendues.

— Tu vois ce pavillon qu'on est en train

de démolir ? C'est là qu'habitait un petit jeune homme qui est venu me voir un jour dans mon bureau avec sa mère et qui a chipé une de mes pipes.

Il y avait peu d'endroits à Paris à ne pas évoquer une enquête plus ou moins difficile, plus ou moins retentissante. Mme Maigret les connaissait par ouï-dire.

Elle questionnait :

— Ce n'est pas ici aussi que tu as passé trois jours et trois nuits, dans je ne sais quel restaurant, quand on a découvert un inconnu assassiné place de la Concorde ?

— Un peu plus loin. Le restaurant a été transformé en garage. C'était où tu aperçois maintenant les deux pompes à essence.

Une autre fois, il avait parcouru les quais à pied, depuis l'écluse de Charenton jusqu'à l'île Saint-Louis, sur les talons d'un propriétaire de remorqueurs qu'il avait fini par envoyer en prison.

— Tu n'as pas soif ?

Mme Maigret n'avait jamais soif, mais elle était toujours prête à le suivre.

— Dans ce bar-là aussi, au coin de la rue, j'ai passé des heures à guetter quelqu'un.

Ils y entrèrent. Il n'y avait pas de terrasse, personne à l'intérieur, qu'une femme maigre et blonde qui écoutait la radio en cousant derrière le comptoir.

Il commanda un apéritif pour lui, un jus de fruit pour sa femme et ils s'assirent à une table cependant que la propriétaire les observait en fronçant les sourcils.

Elle n'était pas sûre de le reconnaître. Il

y avait plus de trois ans qu'il n'avait pas mis les pieds dans le bar. Sur les murs peints en jaune, on voyait des réclames comme dans les cafés et les auberges de campagne et une odeur de ragoût émanait de la cuisine. Pour compléter le tableau, un chat roux ronronnait sur une chaise à fond de paille.

— De l'eau nature ou de l'eau à ressort ?

— De l'eau à ressort.

Elle continuait à se montrer intriguée, comme quand on cherche à mettre un nom sur un visage. Quand elle les eut servis, elle se pencha sur un journal qui se trouvait sur le zinc, hésita, saisit le journal et vint, un peu gênée, vers le commissaire.

— Ce n'est pas vous ? questionna-t-elle alors.

Elle soulignait du doigt un titre en « Dernière heure ». C'était le même journal que Maigret avait en poche, mais il s'agissait d'une édition qui venait de sortir de presse.

A-T-ON FAIT APPEL A MAIGRET?

Ce fut son tour de froncer les sourcils tandis que sa femme se penchait sur son épaule pour lire en même temps que lui.

Nous avions demandé à notre correspondant des Sables-d'Olonne de se rendre à l'Hôtel des Roches-Noires, dans cette ville, où le commissaire Maigret est supposé être en vacances. Nous aurions aimé, en effet, donner à nos lecteurs l'opinion du célèbre commissaire sur une des affaires les plus troublantes des dix dernières années.

Or, le propriétaire des Roches-Noires s'est montré embarrassé.

— Le commissaire est sorti, a-t-il répondu tout d'abord.

— A quelle heure rentrera-t-il ?

— Il ne rentrera peut-être pas aujourd'hui.

— Sa femme est à l'hôtel ?

— Elle est sortie aussi.

— Quand ?

Bref, après de longues tergiversations, le propriétaire a fini par admettre que Maigret n'était pas dans son établissement depuis vingt-quatre heures au moins.

C'est en vain que notre correspondant a essayé d'obtenir des détails.

L'inspecteur Janvier, qui se trouve pour la première fois porter la responsabilité d'une affaire aussi délicate, a-t-il fait appel à son patron et celui-ci s'est-il précipité à Paris ?

Nous lui avons téléphoné aussitôt. Nous avons pu l'avoir au bout du fil. Il nous a affirmé qu'il n'était entré à aucun moment en contact avec le commissaire et que, à sa connaissance, celui-ci devait toujours se trouver en Vendée.

Nous avons tenté aussi de téléphoner au domicile de Maigret, boulevard Richard-Lenoir, mais c'est le service des abonnés-absents qui nous a répondu.

Petit mystère à ajouter au mystère plus angoissant de la morte du boulevard Haussmann.

La patronne du bar le regardait, interrogative.

— C'est vous, n'est-ce pas ? Vous êtes déjà venu, il y a deux ou trois ans. Vous étiez même, je m'en souviens, avec un petit gros qui marchait en sautillant.

Elle parlait de Lucas.

— C'est moi, avoua-t-il, faute de pouvoir faire autrement. Nous sommes venus passer quelques heures à Paris, ma femme et moi, mais je suis toujours en vacances.

— On ne peut jamais croire ce que disent les journaux, conclut-elle en allant reprendre sa place derrière le comptoir.

Il y avait une autre information dans le journal.

Au début de l'après-midi, le juge d'instruction Coméliau a fait comparaître le docteur Négrel dans son cabinet avec l'intention de l'interroger. Simplement, mais fermement, le jeune médecin a refusé de répondre en dehors de la présence de son avocat. Or, maître Chapuis, qui est à la fois son futur beau-père et son défenseur, se trouve toujours à Concarneau, où sa présence n'est pas sans surexciter la population. Aux dernières nouvelles, satisfait des résultats de son séjour dans le port breton, il reprendra ce soir le train pour Paris.

Est-il entré en contact avec sa fille par téléphone ? Celle-ci a-t-elle agi de sa propre initiative ? Toujours est-il qu'elle s'est présentée à la Police Judiciaire, où elle n'était pas convoquée, et a demandé à parler à l'inspecteur Janvier.

Celui-ci, plus loquace qu'au début de l'affaire, ne nous a pas caché le but de la visite de la jeune fille.

Elle voulait lui déclarer qu'elle était au courant des relations qui avaient existé entre Négrel et Éveline Jave et qu'elle n'y attachait aucune importance.

— Gilbert, a-t-elle dit avec force, a eu pitié d'elle. Elle s'est littéralement jetée dans ses bras voilà deux ans. Il ne l'aimait pas. Il la voyait aussi rarement que possible. Il ne m'a pas caché que, depuis que nous nous connaissions, il l'a revue trois ou quatre fois et qu'elle l'avait poursuivi jusque chez lui. Jave, qui connaissait bien sa femme, ne devait pas l'ignorer et je suis sûre qu'il n'était pas jaloux d'elle.

Après le départ de la jeune fille, une certaine agitation a régné Quai des Orfèvres, où on semble s'attendre à de très prochains développements.

Au moment où nous écrivons ces lignes, deux inspecteurs, Lapointe et Neveu, viennent de partir pour une destination inconnue.

Dans le bureau de Maigret, occupé par l'inspecteur Janvier depuis que son patron est en vacances, le téléphone fonctionne sans arrêt.

C'en était fini de la détente. Quelques minutes plus tôt, Maigret se promenait tranquillement avec sa femme le long du quai et lui racontait de vieilles enquêtes.

Son visage venait à nouveau de s'alourdir et il n'avait plus l'air de voir les murs jaunes ornés de chromos.

— Tu crois, questionna sa femme, qu'ils vont nous guetter boulevard Richard-Lenoir?

Ce n'était pas à cela qu'il pensait sur le moment et il tressaillit, il fallut quelques secondes pour que les mots qu'il venait d'entendre comme à travers un brouillard prennent un sens.

— C'est possible. Oui. C'est probable.

Lassagne, toujours à Concarneau, devait rester en contact permanent avec son journal et il enverrait certainement quelque jeune reporter monter la garde devant l'appartement de Maigret.

— Donnez-moi la même chose, madame.

— Vous avez lu?

— Oui. Je vous remercie.

Il n'était plus dans le petit bar. Sa femme, comme ses collaborateurs, connaissait bien cette tête-là. Quai des Orfèvres, quand cela le prenait, on marchait sur la pointe des pieds et on parlait à voix basse, car il était alors capable d'une colère aussi violente que brève qu'il était le premier, ensuite, à regretter.

Mme Maigret poussait la prudence jusqu'à ne pas regarder de son côté et feignait de parcourir la page féminine du journal, sans cesser d'être attentive aux réactions de son mari.

Lui-même, sans doute, n'aurait pas pu dire à quoi il pensait. Peut-être parce qu'il ne pensait pas ? Car il ne s'agissait pas d'un raisonnement. C'était un peu comme si les trois personnages du drame s'étaient mis à vivre en lui, et les comparses eux-mêmes, comme Josépha, Antoinette, la petite fiancée, Mlle Jusserand n'étaient plus seulement des entités mais devenaient des êtres humains.

Hélas, c'étaient encore des humains incomplets, schématiques. Ils restaient dans une pénombre dont le commissaire s'efforçait de les tirer d'un effort presque douloureux.

Il sentait la vérité tout proche et il était impuissant à la saisir.

Des deux hommes, l'un était coupable, l'autre innocent. Parfois ses lèvres s'entr'ouvraient comme pour prononcer un nom et, après une hésitation, il y renonçait.

Il n'y avait pas, comme dans la plupart des cas, une seule solution possible. Il y en avait au moins deux.

Pourtant une seule était la bonne, une seule était la vérité humaine. Il fallait, non la découvrir par un raisonnement rigoureux, par une reconstitution logique des faits, mais la *sentir*.

Éveline, le vendredi, avait téléphoné à Négrel, qui était son amant plus ou moins résigné.

Lui avait-elle annoncé qu'elle allait prendre, le lendemain matin, l'avion pour Paris ?

Etait-ce, au contraire, à cause de la froideur du jeune médecin, qu'elle s'était décidée tout à coup à ce voyage ?

Elle était à peine partie, le samedi matin, que Jave se précipitait à l'aéroport et, faute d'un avion pour Paris, prenait l'avion de Londres afin de ne pas attendre.

— Tu crois ça, toi ? questionna-t-il soudain, se parlant à lui-même plutôt qu'à Mme Maigret.

— Quoi ?

— A une coïncidence. Éveline Jave est amoureuse de Négrel et, après quelques semaines de séparation, n'y tient plus et se précipite à Paris. Son mari est amoureux d'Antoinette Chauvet et, le même jour, éprouve le besoin urgent de faire le voyage pour l'embrasser.

Mme Maigret réfléchit.

— Il a profité de l'absence de sa femme, non ?

Maigret ne le sentait pas ainsi. Il n'aimait pas le hasard.

— A Paris, où il n'avait pas sa voiture, il a dû prendre au moins deux taxis, un pour se rendre des Invalides où le car de l'aéroport l'a déposé, à la rue Washington, un autre pour aller le soir à la gare. Janvier, comme je le connais, a dû faire interroger tous les chauffeurs de taxis.

— Tu crois que cela peut donner quelque chose ?

— Nous avons souvent eu des résultats de cette façon, mais cela prend du temps.

Après un assez long silence, pendant lequel il but une gorgée et alluma une nouvelle pipe, il soupira :

— Elle était nue...

L'image d'Éveline, nue, pliée en deux dans le placard, lui revenait sans cesse à l'esprit.

Il fut surpris de voir sa femme surmonter pour une fois sa pudeur, au sujet de laquelle il lui arrivait de la taquiner.

— Étant donné ce qu'elle venait faire boulevard Haussmann, c'était naturel, non ?

Il avait envie de répondre :

— *Non,*

Cela ne collait pas. Était-ce à cause du caractère de Négrel que cette version des événements lui semblait fausse ? Le jeune médecin remplaçait un confrère dans un des cabinets les plus luxueux de Paris. Il avait un certain nombre de rendez-vous avec des patients. On avait parlé de cinq. D'autres pouvaient arriver à tout moment, puisque c'était l'heure des consultations. Enfin, Josépha était en face.

Même si Éveline s'était déshabillée dans la chambre, même s'il l'avait tuée, volontairement ou non, Négrel n'était-il pas justement l'homme qui l'aurait rhabillée ?

Pas nécessairement pour détourner les soupçons. Plutôt par une sorte de réflexe.

La radio jouait toujours en sourdine sans

que Maigret l'entende et il continuait, les yeux mi-clos, à reprendre un à un les événements du samedi après-midi.

Josépha, selon elle, avait quitté le boulevard Haussmann vers six heures pour se rendre chez sa fille, où elle avait trouvé le docteur Jave.

Lors de son premier interrogatoire, elle avait menti, affirmant qu'elle n'avait pas revu son patron depuis le départ de celui-ci pour Cannes. Cela pouvait s'expliquer par son désir de ne pas compromettre sa fille. Cela pouvait s'expliquer autrement aussi.

Il lui sembla soudain qu'une petite lueur commençait à percer le brouillard, mais elle était encore si vague qu'il ne pouvait la saisir. Il pensait au palier, avec ses deux portes... Qu'est-ce que ce palier...?

Mᵐᵉ Maigret, à ce moment-là, lui posa la main sur le poignet.

— Écoute!

Il ne s'était pas rendu compte que la radio avait cessé de donner de la musique et que quelqu'un parlait :

— Dernières nouvelles de l'après-midi. Il semble bien que l'affaire du boulevard Haussmann entre dans sa dernière phase...

La voix était monotone. Au micro, le speaker devait lire un texte qu'on venait de lui passer et il lui arrivait de buter sur certaines syllabes.

— A trois heures, cet après-midi, deux inspecteurs de la Police Judiciaire se sont présentés au domicile du docteur Jave, boulevard Haussmann, et, quelques minutes plus tard, ils sortaient de l'immeuble en compagnie du médecin.

Celui-ci, en quatre jours, paraît avoir maigri et il a traversé le trottoir sans un regard aux journalistes qui ont essayé en vain de lui arracher un mot.

A peu près au même moment, un autre inspecteur amenait en taxi Quai des Orfèvres un personnage resté jusqu'ici mystérieux, puisqu'il a été impossible de le rencontrer au cours des derniers jours : nous voulons parler de Mlle Antoinette Chauvet, la maîtresse du médecin.

Moins abattue que Jave, elle a traversé la cour de la P.J. derrière l'inspecteur, a gravi les marches du grand escalier et a été introduite immédiatement auprès de l'inspecteur Janvier.

Jave devait arriver quelques minutes plus tard. La même porte s'est ouverte devant lui et s'est aussitôt refermée.

L'interrogatoire du docteur et d'Antoinette Chauvet dure déjà depuis plus de deux heures et rien ne laisse prévoir qu'il va bientôt se terminer. On a l'impression, au contraire, à l'atmosphère des couloirs et des bureaux, où les policiers vont et viennent, affairés, que l'inspecteur Janvier est décidé à en finir.

Un seul élément nouveau est venu à notre connaissance : dans la chambre qui se trouve derrière le bureau de consultation du boulevard Haussmann, la police aurait découvert un bouton qui semble avoir été arraché du veston de Gilbert Négrel.

Et maintenant, nous passons à l'activité politique des dernières douze heures qui...

La patronne du bar tourna le bouton.

— Je suppose que cela ne vous intéresse plus ?

Maigret la regarda comme s'il n'eut pas entendu. Il venait d'avoir un serrement de cœur, car les paroles prononcées par le speaker avaient, pour lui, une autre résonance que pour le commun des auditeurs.

Comme on dit qu'un soldat renifle la poudre, il sentait, lui, que quelque chose se préparait là-bas, dans son propre bureau. Cette fièvre particulière dont parlait la radio, il la connaissait bien pour l'avoir déclenchée des centaines de fois.

Une enquête piétine, ou semble piétiner, pendant des jours, parfois des semaines. Et soudain, au moment où on s'y attend le moins, un déclic se produit, qui peut être provoqué par un coup de téléphone anonyme, par une découverte insignifiante en apparence.

— Allez me chercher Jave...

Il croyait voir Janvier, un peu pâle, comme un acteur que le trac saisit au moment de son entrée en scène, arpentant son bureau en attendant Antoinette et le médecin.

Pourquoi les avait-il convoqués ensemble ? Quelles nouvelles questions allait-il leur poser ?

Maigret, en prenant ses vacances, n'avait même pas emporté toutes ses pipes. Il devait en rester quatre ou cinq à côté de son sous-main, près de la lampe à abat-jour vert. Il y avait aussi une demi-bouteille de cognac dans le placard où il avait l'habitude de se laver les mains à la fontaine d'émail et où pendait un de ses vieux vestons.

Comment Janvier allait-il s'y prendre ? Il avait vingt ans de moins que le commissaire, mais il avait suivi celui-ci dans la plupart de ses enquêtes et connaissait ses méthodes mieux que personne.

Ne manquait-il pas un peu d'épaules pour le rôle qu'il était en train de jouer ? En langage de cinéma, on dit « de la présence ». Jave était son aîné, un homme solide, qui avait beaucoup vu et beaucoup vécu.

— Nous partons ? demandait Mme Maigret comme il se levait et se dirigeait vers le comptoir pour payer les consommations.

— Oui.

Cette fois, il ne l'obligeait pas à marcher. Au bord du trottoir, il guettait un taxi, et il y en eut un qui finit par s'arrêter.

— Au coin du boulevard Richard-Lenoir et du boulevard Voltaire.

Une fois installée sur la banquette, il expliqua :

— Pour le cas où des journalistes monteraient la garde devant chez nous.

— Tu veux dire que je rentre seule.

Il battit affirmativement des paupières et elle ne lui posa pas d'autres questions.

— Rentre comme si de rien n'était. Si des reporters te questionnent, dis leur que nous sommes venus passer quelques heures à Paris et que je suis en ville. Prépare le dîner et, au cas où je ne rentrerais pas à huit heures, mange sans moi.

Comme quand il travaillait Quai des Orfèvres et qu'il était sur une affaire. Non seulement il lui arrivait alors de ne pas rentrer dîner, mais elle ne le revoyait parfois qu'au petit matin.

— Je suis au Quai, annonçait-il alors par

téléphone. Je ne sais pas quand j'aurai fini.

Elle avait entendu la radio, elle aussi. Elle devinait ce qui se passait là-bas. Elle se demandait si son mari allait enfreindre la promesse qu'il s'était faite — et qu'il avait faite à Pardon — de ne pas mettre les pieds à la P.J. durant ses vacances.

Elle savait qu'il en avait envie. Elle le voyait sombre, tourmenté. Au moment où le taxi s'arrêtait, elle murmura :

— Après tout, pourquoi n'y vas-tu pas ?

Il fit non de la tête, attendit qu'elle se fut éloignée pour dire au chauffeur :

— Boulevard Saint-Michel. Devant la fontaine.

C'était peut-être enfantin, mais il éprouvait le besoin de se rapprocher du champ de bataille. Il arrive que des curieux stationnent pendant des heures devant une maison où un crime s'est commis, encore qu'il n'y ait rien à voir.

Tout ce qu'il pouvait voir, lui, c'était l'entrée monumentale de la P.J. avec un agent en faction, la cour aux petites autos noires et des fenêtres dont une était celle de son bureau.

Sur le quai, deux photographes attendaient avec leurs appareils, et il devait y en avoir d'autres, ainsi que des reporters, dans le vaste corridor du premier étage.

Janvier avait-il réellement découvert un fait nouveau ? Agissait-il de son plein gré, ou sous les ordres de l'irascible juge Coméliau ?

Gilbert Négrel, lui, était seul dans une

des cellules qui donnent sur la seconde cour intérieure.

On ne parlait plus des obsèques d'Éveline, comme si soudain tout le monde, y compris son frère, s'en fût désintéressé.

Maigret gagna le quai des Grands-Augustins, juste en face du Palais de Justice, hésita un instant avant d'entrer dans un petit bar normand, un peu en contrebas, où il fallait descendre deux marches. Il y faisait toujours frais, même au plus fort des chaleurs, et dans aucun bistrot de Paris l'odeur du calvados n'était aussi forte.

— Ainsi, le journal a raison...

Le patron aux joues couperosées le connaissait depuis des années et la dernière édition du journal était déployée devant lui.

— Qu'est-ce que je vous offre ? Il n'est pas trop tard pour un petit calva ?

Il remplit d'autorité deux verres. Il n'y avait, dans un coin, qu'un client qui lisait les prospectus d'une agence de voyages, et la fille de salle mettait les couverts sur les six tables couvertes de nappes à carreaux rouges.

— Quel temps avez-vous, aux Sables ? Ici, à part un orage, nous avons eu des journées splendides. À votre santé !

Maigret choqua son verre au sien et but une gorgée.

— Je me doutais bien, dès le début, qu'ils vous feraient revenir. Je l'ai même dit à ma femme :

« — Cette affaire-là, il n'y a que le commissaire Maigret à la débrouiller.

« Parce que, si vous voulez mon avis, ils mentent tous. Ce n'est pas votre impression, à vous ?

« A la place de l'inspecteur Janvier — au fait, il y a un bout de temps qu'il n'est pas venu prendre un verre ! — à sa place, dis-je, je les aurais mis face à face, tout docteurs qu'ils sont, et je leur aurais dit :

« — Débrouillez-vous tous les deux... »

Maigret ne put s'empêcher de sourire mais son regard, à travers la vitre, restait fixé sur les fenêtres ouvertes de son bureau. A certain moment, il aperçut le profil d'un homme qui marchait de long en large et il reconnut la silhouette de Janvier. Il pouvait même, malgré la distance, distinguer la fumée de sa cigarette dans le clair-obscur.

L'histoire du bouton tarabustait le commissaire, lui apparaissait comme une fausse note. Cela laissait supposer qu'il y avait eu lutte entre Éveline et le docteur Négrel. De là à croire que c'était celui-ci qui avait frappé la jeune femme, ou qui l'avait projetée contre un meuble, il n'y avait qu'un pas.

Et, dès lors, la piqûre de digitaline s'expliquait, voire l'erreur de médicament.

— Elle était nue... murmura-t-il sans s'en rendre compte.

— Vous dites ?

— Rien. Je me demande...

Il retrouvait la petite lueur entrevue tout à l'heure quai de Charenton. Quelque chose clochait. Un des personnages secondaires lui revenait obstinément à la mémoire, un de ceux dont on avait le moins parlé.

Il s'agissait de Claire Jusserand, la nurse que le docteur Jave avait prise dans une clinique parisienne, où elle était infirmière, pour s'occuper de son enfant.

A en croire les journaux, elle avait commencé par se taire, par s'enfermer dans la villa Marie-Thérèse où on ne pouvait l'apercevoir que de loin dans le jardin avec la petite Michèle.

Il se remémorait une phrase anodine qu'il avait lue quelque part, dans un article de Lassagne ou dans un autre.

Elle a une cinquantaine d'années et semble détester tous les hommes...

Il en avait connu de cette sorte-là. La plupart, d'ailleurs, ne détestent pas seulement les hommes, mais les femmes, et vivent comme enfermées en elles-mêmes.

Mais elles ne détestent pas nécessairement *tous* les hommes. Parfois, elles vouent à un seul un culte secret qui devient leur seule raison d'exister.

Connaissait-elle Jave depuis longtemps ? Étant donnée sa profession, c'était possible et même probable, le médecin ayant des clients dans la plupart des cliniques de Paris.

Maigret essayait de l'imaginer boulevard Haussmann et dans la villa Marie-Thérèse. Elle n'avait pas connu l'amour ou, si elle l'avait connu, cela avait été un amour malheureux.

Quels étaient ses rapports avec Éveline, qu'elle voyait entasser des bijoux et qui avait non seulement un mari mais un amant?

Le soleil se couchait et les derniers remorqueurs, avec leur train de péniches, se hâtaient vers quelque port de la Seine. Un pêcheur à la ligne démontait sa canne et les boîtes des bouquinistes étaient déjà fermées.

— Je n'ose pas vous demander si vous dînerez ici? Je suppose que vous êtes trop occupé?

— Je n'ai rien à faire. Je suis en vacances.

Il disait cela avec une certaine amertume.

— Qu'est-ce que vous avez au menu?

Celui-ci était écrit à la craie sur une ardoise. Il y avait des soles normandes et du rôti de veau.

— Je dînerai ici.

Le patron avait un air malicieux, car il ne croyait pas un mot de ce que le commissaire lui avait dit au sujet de ses vacances. Pour lui, comme pour tant d'autres, ce qui est imprimé dans les journaux est parole d'évangile.

— Maria! vous réserverez la table près de la fenêtre au commissaire.

Et il adressait un clin d'œil à celui-ci, persuadé que Maigret n'était chez lui que pour observer Dieu sait quoi.

— Vous pouvez remplir les verres... Cette fois, c'est ma tournée...

Cela faisait près de quatre heures que Jave et Antoinette se trouvaient dans le bureau de Maigret, face à un Janvier de plus en plus nerveux.

La lampe à abat-jour vert s'alluma. Quelqu'un vint fermer la fenêtre. Une demi-heure plus tard, alors que Maigret était en train de dîner, il aperçut le garçon de la brasserie Dauphine avec un plateau recouvert d'une serviette.

Cela aussi était caractéristique. Verres de bière et sandwiches signifiaient que l'interrogatoire allait se poursuivre tard dans la soirée.

On s'attendait si peu à des résultats immédiats que trois ou quatre reporters quittèrent le Quai des Orfèvres et se dirigèrent vers le restaurant de la place Dauphine. Ils ne se seraient pas éloignés si on ne leur avait assuré qu'ils avaient le temps d'aller dîner.

Cinq clients avaient pris place autour des tables du restaurant, deux hommes, ensemble, sur une banquette, qui discutaient carburateurs et qui devaient être des représentants de commerce, un couple étranger qui avait de la peine à se faire comprendre et enfin une jeune fille blonde qui, en entrant, avait regardé dans la direction du commissaire en fronçant les sourcils.

Il ne l'avait pas reconnue tout de suite, encore que les journaux eussent publié sa photographie. C'était Martine Chapuis, qui portait une robe de coton imprimé et qui se révélait plus grassouillette, plus moelleuse que sur ses portraits.

Elle aussi avait choisi une place près de la vitre et ne quittait des yeux le Quai des

Orfèvres que pour lancer des coups d'œil au commissaire.

Elle lui fut tout de suite sympathique. Elle avait un visage ouvert, une bouche bien dessinée, était beaucoup plus femme qu'on l'aurait pensé d'une personne accumulant les succès universitaires.

Il eut presque envie d'aller lui parler et elle eut plusieurs fois la même idée car, lorsque leurs regards se rencontraient, un léger sourire lui montait aux lèvres.

Elle savait, par les journaux et la radio, ce qui se passait en face. Par son père, elle n'était pas sans connaître les habitudes de la police et elle s'attendait, elle aussi, à un dénouement.

Elle voulait être aux premières loges. N'était-elle pas une des principales intéressées ?

— Une vraie femme, pensa-t-il au moment où on lui servait le fromage.

Soudain, il se leva, pénétra dans la cuisine où le patron, qui avait mis sa toque blanche, s'affairait devant le fourneau.

— Je peux téléphoner à Cannes ?

— Vous connaissez la cabine. Vous n'aurez qu'à demander combien ça fait.

Martine Chapuis, qui le suivait des yeux, le vit franchir la porte vitrée et décrocher le récepteur.

— Je voudrais la villa Marie-Thérèse, à Cannes, mademoiselle. C'est un appel personnel pour Mlle Jusserand.

— Quelques minutes d'attente.

Il regagna sa place et il avait à peine fini

son camembert que la sonnerie se faisait entendre.

Ce fut son tour d'avoir le trac, car il se livrait à une expérience qui ne lui était pas familière et qu'il ne se serait pas permise s'il s'était trouvé à la place de Janvier dans son bureau.

La communication, comme il s'y attendait et comme il l'espérait, était mauvaise. Il entendait, à l'autre bout du fil, une voix qui répétait avec impatience.

— Allô... Allô... Ici la villa Marie-Thérèse. Qui parle ?

Les journaux avaient écrit que la cuisinière était du pays. Or, la personne qui lui répondait n'avait pas d'accent, ce qui laissait supposer que c'était Mlle Jusserand.

Il déguisa sa voix de son mieux.

— Allô ! Claire ?

Il prenait ses risques, ignorant comment le docteur Jave appelait la nurse.

— C'est moi, oui. Qui est à l'appareil ?

Il lui fallait prendre un autre risque.

— Ici, monsieur.

— La communication est mauvaise, dit-elle. Je vous entends à peine. La petite est en train de pleurer dans la chambre voisine.

Tout allait bien. Il avait employé les mots qu'il fallait. Il ne lui restait plus qu'à poser sa question.

— Dites-moi, Claire, quand la police vous a questionnée au sujet du coup de téléphone que madame a donné vendredi, avez-vous répondu que vous m'en aviez parlé ?

Il attendait, le cœur battant, et, à travers la vitre, il pouvait voir Martine Chapuis qui le regardait fixement.

— Bien sûr que non, faisait la voix à l'autre bout du fil.

On aurait dit que la nurse était choquée comme si on eût douté d'elle.

— Je vous remercie. C'est tout.

Il se hâta de raccrocher, oublia de demander à l'inter ce qu'il devait, n'y pensa qu'une fois assis à sa table.

En face de lui, de l'autre côté de l'étroite pièce, la jeune fille l'observait avec inquiétude et il se contraignit à ne pas lui sourire

8

LA GRANDE NUIT
DE L'INSPECTEUR JANVIER

LES DEUX VOYA-
geurs de commerce étaient partis les premiers. Comme le patron était venu le dire
à Maigret vers la fin du repas, sa vraie clientèle était à la campagne ou à la mer et,
avec les touristes, « on ne savait jamais ».
Un jour c'était plein, sans raison, « parce
qu'ils se suivaient comme des moutons »,
un autre jour, comme c'était le cas, il n'y
avait que « deux pelés » qui, après avoir ren-
voyé des plats qui ne leur plaisaient pas,
discutaient maintenant l'addition franc par
franc.

Martine Chapuis avait fini son café avant
Maigret et avait ouvert son sac pour se
remettre un peu de rouge à lèvres. Elle avait
regardé ensuite vers le fond de la salle où
le patron se tenait, ainsi que la serveuse,
comme pour demander l'addition.

Maigret, qui fumait sa pipe à petites
bouffées, le dos à la banquette, l'observait

en se demandant si elle oserait... Il s'amusait parfois ainsi à essayer de prévoir ce que les gens allaient faire et il éprouvait toujours une certaine satisfaction quand il ne s'était pas trompé.

Lèverait-elle la main pour appeler la fille de salle? Elle commençait le geste, jetait un coup d'œil au commissaire. Bon! Elle changeait d'avis, regardait Maigret avec plus d'insistance, en écarquillant un peu les yeux comme pour poser une question.

De son côté, il battit alors des paupières, l'air quasi-paternel.

Ils s'étaient compris. Assez gauche, elle se levait, se dirigeait vers la table du policier qui se levait afin de la faire asseoir.

C'était lui qui appelait la serveuse, mais pas pour l'addition.

— Deux calvados, mon petit. De la bouteille du patron.

Et, à Martine, surprise :

— Vous devez en avoir besoin. C'est long, n'est-ce pas?

— Ce que je ne comprends pas, avoua-t-elle, c'est que vous ne soyez pas en face. J'ai lu le journal et j'ai écouté la radio.

— Je suis réellement en vacances.

— A Paris?

— Chut! C'est un secret. Nous avons décidé, ma femme et moi, de passer nos vacances à Paris afin d'être plus tranquilles et Janvier lui-même ne le sait pas. Alors, comme vous le voyez, je me cache.

— Vous vous êtes quand même occupé de l'affaire?

— En amateur, comme tout le monde. J'ai lu les journaux, moi aussi, et tout à l'heure, par hasard, dans un bar, j'ai entendu les nouvelles à la radio.

— Vous croyez que l'inspecteur Janvier est capable de comprendre ?

— De comprendre quoi ?

— Que Gilbert n'a pas tué cette femme.

Le restaurant, maintenant, était aussi calme qu'un aquarium. Le patron et la patronne, une femme toute petite et ronde, aussi rouge de visage que son mari, mangeaient à la table la plus proche de la cuisine et la fille de salle les servait.

Sur l'autre quai, en face, on avait vu repasser les journalistes qui avaient dû largement arroser leur dîner rapide car, même de loin, on les sentait exubérants.

Presque toutes les lumières de la P.J. s'étaient éteintes. Au premier étage, il n'y en avait plus que dans le bureau de Maigret et dans le bureau des inspecteurs qui était voisin.

Le commissaire prenait son temps et avait retrouvé son air bonhomme.

— Vous en êtes sûre, vous, qu'il est innocent ?

Elle rougit et il en fut content, car il n'aimait pas les femmes qui ne sont plus capables de rougir.

— Certainement.

— Parce que vous l'aimez ?

— Parce que je le sais incapable de commettre un acte honteux, à plus forte raison un crime.

— Vous avez pensé cela dès le premier jour ?

Elle détourna la tête et il poursuivit :

— Avouez que vous avez douté.

— Je me suis d'abord dit que c'était peut-être un accident.

— Et maintenant ?

— Je suis persuadée que ce n'est pas lui.

— Pourquoi ?

Depuis le début du repas, il avait eu l'intuition qu'elle avait envie de lui parler et qu'elle avait réellement quelque chose à lui dire, quelque chose de difficile. A la façon dont elle se comportait avec lui, il croyait comprendre qu'elle avait des rapports amicaux, confiants avec son père. C'était un peu comme si, en l'absence de celui-ci, elle eût choisi le commissaire pour le remplacer.

Au lieu de répondre, elle posa une question à son tour.

— C'est à Concarneau que vous avez téléphoné tout à l'heure ?

— Non.

— Ah !

Elle paraissait déçue de s'être trompée.

— Je me demande ce qu'ils font, en face, depuis des heures.

— Il vaut mieux ne pas vous impatienter, car cela peut durer toute la nuit.

— Vous croyez qu'ils interrogeront Gilbert aussi ?

— C'est possible, mais improbable. Négrel lui, est déjà entre les mains du juge d'instruction et ne peut plus être questionné qu'en présence de son avocat.

— Papa n'arrive que demain matin.

— Je sais. Vous ne m'avez toujours pas dit pourquoi vous avez la quasi-certitude que ce n'est pas votre fiancé qui a tué Mme Jave.

Elle alluma une cigarette, avec une certaine nervosité.

— Vous permettez?

— Je vous en prie.

— C'est difficile à expliquer. Vous n'avez jamais vu Gilbert?

— Non. Je crois cependant que je me fais une idée assez exacte de son caractère.

— Et aussi de son comportement devant une femme?

Il la regarda, surpris, intrigué :

— Je n'ai pas à faire ma mijaurée, n'est-ce pas? Vous avez compris, à mes déclarations, que nous n'avons pas attendu d'être mariés pour être l'un à l'autre. Maman est furieuse, à cause des gens, mais papa, lui, ne m'en veut pas. Quand on a découvert le corps de cette femme, il était entièrement nu...

Les yeux de Maigret se firent plus petits, plus aigus, car elle touchait à un point qui l'avait intrigué dès le début.

— Je ne sais comment dire... C'est délicat... Avec certains hommes, cela aurait pu être possible... Est-ce que vous comprenez?

— Pas encore.

Elle but à moitié de son verre pour se donner du courage.

— S'il s'était passé quelque chose entre eux ce samedi-là et si Mme Jave s'était déshabillée, Gilbert se serait déshabillé aussi.

Il sentait soudain que c'était vrai. Certains hommes auraient été capables d'agir autrement, avec plus de désinvolture. Pas un garçon comme Négrel, qui aurait tenu à se trouver, en quelque sorte, à égalité avec sa compagne.

— Qu'est-ce qui prouve qu'il ne l'était pas?

C'est à peine une question qu'il posait, car il connaissait d'avance la réponse.

— Vous oubliez que cela se passait pendant les heures de consultation, que Joségha pouvait à tout instant introduire un client. Imaginez-vous un médecin surgissant, nu, dans son cabinet?

Elle-même parvint à rire. Puis elle reprit sa gravité, jeta un coup d'œil de l'autre côté de la Seine.

— Je vous jure, commissaire, que c'est la vérité. Je connais Gilbert. Si étrange que cela paraisse, il est timide et, dans ses rapports avec les femmes, d'une extrême délicatesse.

— Je vous crois.

— Alors, vous croyez aussi qu'il ne l'a pas tuée?

Il préféra ne pas répondre et eut un coup d'œil, à son tour, aux fenêtres de son bureau où l'inspecteur Janvier vivait ce qu'on pouvait appeler sans exagération la grande nuit de sa vie. Les reporters, les photographes attendaient dans le couloir. Les journaux, la radio avaient annoncé que l'interrogatoire décisif avait commencé.

Ou bien, tout à l'heure, l'affaire du boulevard Haussmann serait résolue et Janvier aurait gagné la partie, ou bien, dès demain matin, il y aurait dans le public une déception mêlée de rancune. Et pas seulement dans le public. Coméliau devait téléphoner toutes les demi-heures, de son domicile, afin de se tenir au courant.

— Vous permettez un instant, mon petit ?

Il fut surpris de l'avoir appelée ainsi et c'était parce qu'il l'aimait bien. S'il avait eu une fille, il n'aurait pas été fâché, en définitive, qu'elle lui ressemble. Mme Maigret aurait réagi comme la maman de Martine, mais, lui, aurait sûrement réagi comme Chapuis.

Il se dirigea vers le fond de la salle.

— Vous avez du papier sans en-tête et une enveloppe ?

— Nous n'avons que du papier sans en-tête. Prenez le buvard, derrière le comptoir. Il y a aussi une bouteille d'encre et une plume.

— Depuis combien de temps employez-vous le gamin que j'ai vu tout à l'heure laver la vaisselle dans la cuisine ?

— Sa mère est venue nous le présenter il y a trois semaines. Il retourne au lycée en octobre. Ce sont des gens pauvres et, pendant les vacances, il s'efforce de gagner un peu d'argent.

— Janvier n'est pas venu ici depuis trois semaines ?

— Je ne l'ai pas vu, non. Quand ils ont envie de prendre un verre, ils se rendent plutôt à la Brasserie Dauphine, qui est plus près.

Maigret le savait mieux que quiconque.

— Ne laissez pas partir le gamin avant que je le charge d'une commission.

— Il en a encore pour un moment à mettre de l'ordre dans la cuisine.

Maigret ne retourna pas à sa table mais s'installa, assez loin de Martine Chapuis, à une autre table. Sur l'enveloppe, il écrivit :

A REMETTRE DE TOUTE URGENCE
A L'INSPECTEUR JANVIER

La jeune fille voyait bien, de sa place, qu'il traçait des caractères bâtonnets et elle ne comprenait pas.

Le texte, sur la feuille, était court.

JAVE SAVAIT PAR LA NURSE, DÈS VENDREDI SOIR, QUE SA FEMME VIENDRAIT A PARIS.

Il pénétra dans la cuisine.

— Comment t'appelles-tu ? demanda-t-il au gamin à tignasse ébouriffée qui rangeait des assiettes.

— Ernest, monsieur le commissaire.

— Qui t'a dit qui j'étais ?

— Personne. Je vous ai reconnu d'après vos photos.

— Tu veux faire une commission pour moi ? Tu ne te laisses pas facilement intimider ?

— Par vous, peut-être. Mais pas par quelqu'un d'autre.

— Tu vas courir en face, à la P.J. Tu connais ?

— Le grand portail où il y a toujours un agent en faction ?

— Oui. Tu remettras cette enveloppe à l'agent en lui disant qu'il doit la faire porter tout de suite à l'inspecteur Janvier.

— J'ai compris.

— Un moment. Ce n'est pas tout. Il est possible que l'agent te demande de la monter toi-même.

— Je dois le faire ?

— Oui. Au premier, il y aura beaucoup de monde. Derrière un pupitre, tu apercevras un vieil huissier qui a une chaîne autour du cou.

— Je sais ce que c'est. Il y en a dans les banques.

— Tu lui diras la même chose. Si un inspecteur est dans les environs, il te posera peut-être des questions. Retiens bien ceci : tu passais sur le pont Saint-Michel quand un monsieur t'a donné cinq cents francs pour porter une lettre à la Police Judiciaire.

— J'ai compris.

— Le monsieur était petit et maigre...

Le gamin, amusé, avait hâte de s'envoler.

— Petit et maigre, assez vieux...

— Oui, Monsieur Maigret.

— C'est tout. Il vaudra mieux ne pas revenir ici ce soir, car on pourrait te suivre.

— C'est une farce que vous leur faites ?

Maigret se contenta de sourire et regagna sa place près de la jeune fille.

— Cela donnera ce que cela donnera.

— Qu'est-ce que vous avez fait?

— Je me suis comporté comme un lecteur moyen, celui qui signe ses messages : « Quelqu'un qui sait .»

Elle vit Ernest partir avec la lettre après avoir parlé à mi-voix au patron et elle le suivit des yeux sur le pont Saint-Michel où il courait plutôt qu'il ne marchait.

— C'est à cause de ce que je vous ai dit?

— Non.

— A cause de votre coup de téléphone?

— Oui.

Le patron et la patronne avaient fini de dîner. Leur table était débarrassée.

— Vous ne croyez pas qu'ils attendent que nous partions pour fermer?

— Certainement.

— Ils doivent se lever de bonne heure.

— L'ennui c'est qu'après nous n'avons nulle part où aller.

Il n'y avait pas d'autre café ou d'autre bar ouvert en face de la P.J. Le gamin, sur l'autre quai, était en conversation avec l'agent en faction. Il disparaissait bientôt sous la voûte.

— Je me doutais qu'on le ferait monter. L'agent n'a pas le droit de quitter son poste. Pourvu...

Les choses durent bien se passer, car Ernest reparut trois ou quatre minutes plus tard et se dirigea cette fois vers le Pont-Neuf.

Janvier avait reçu le message anonyme.

Même s'il n'y ajoutait qu'une foi relative, il ne pourrait s'empêcher de poser au docteur Jave une question au moins à ce sujet.

— Vous ne paraissez pas impatient, remarquait Martine comme il se tassait sur la banquette, le regard vague.

Parce qu'elle ne le connaissait pas. C'était la première fois qu'il vivait cette phase d'une enquête ailleurs que dans son bureau et il avait la même sensation que quand c'était lui qui posait les questions.

Il avait fait subir à des gens de toutes sortes des centaines d'interrogatoires. La plupart duraient plusieurs heures. Certains se poursuivaient, dans la fumée de pipe ou de cigarettes, une partie de la nuit, et les inspecteurs étaient souvent obligés de se relayer.

On citait encore, au Quai, un interrogatoire de vingt-sept heures à la fin duquel Maigret était aussi épuisé que l'homme qui avait fini par avouer.

Or, chaque fois, après tant d'années, le même phénomène se produisait.

Tant que le suspect, devant lui, se débattait, refusait de répondre ou mentait, c'était en quelque sorte une lutte à égalité, sur un plan presque technique. Les questions succédaient aux questions, aussi imprévues que possible, tandis que le regard du commissaire restait attentif au moindre tressaillement de son interlocuteur.

Presque toujours, après un temps plus ou moins long, un moment venait où la résistance craquait soudain et où le policier n'avait plus en face de lui qu'un homme aux abois. Car, à ce moment-là, il redevenait un homme, un homme qui avait volé, ou tué, mais un homme quand même, un homme qui allait payer, qui le savait, un homme pour qui cette minute marquait la cassure avec son passé et avec ses semblables.

Comme un animal qu'on va achever — et Maigret n'avait jamais pu tuer une bête, même nuisible — il avait presque toujours, pour celui qu'il acculait aux aveux, un regard étonné qui contenait un reproche.

— C'est bien ainsi que cela s'est passé... murmurait-il, à bout de forces.

Il n'avait plus qu'une hâte : signer sa déposition, signer n'importe quoi et aller dormir.

Combien de fois Maigret n'avait-il pas, alors, sorti la bouteille de cognac du placard, non seulement pour en offrir à sa victime, mais pour s'en verser un grand verre ?

Il avait fait son métier de policier. Il ne jugeait pas. Ce n'était pas à lui, mais à d'autres, plus tard, de juger, et il préférait qu'il en soit ainsi.

Où en étaient-ils, là-haut, derrière les fenêtres éclairées du bureau de Maigret ? La résistance de Jave avait-elle commencé à céder et Janvier en était-il à l'hallali ?

On aurait dit que la jeune fille, en face du commissaire, suivait sa pensée.

— C'est drôle, murmurait-elle d'une voix sourde. Je n'aurais pas cru le docteur Jave capable de ça non plus. Il a si peu une tête d'assassin !

Maigret ne dit rien. A quoi bon lui expliquer

que, dans toute sa carrière, en dehors de quelques professionnels, il n'avait jamais rencontré un meurtrier ayant une tête de criminel.

— Qu'est-ce que je vous dois, patron?

— Les deux dîners?

— Je tiens à payer le mien, protesta Martine Chapuis.

Il n'insista pas.

— Les calvados sont pour moi.

— Si vous voulez.

Ils sortirent ensemble et ils n'avaient pas atteint le pont Saint-Michel que le patron fermait les volets.

— Vous allez là-bas?

— Non. J'attends.

Le Quai des Orfèvres, heureusement, était mal éclairé. En restant sur le trottoir longeant la Seine, ils étaient dans l'ombre et l'agent en faction ne pouvait les reconnaître.

— Vous croyez qu'il avouera?

Maigret se contenta de hausser les épaules. Il n'était pas Dieu-le-Père. Il avait fait son possible. Le reste regardait Janvier.

Ils marchaient en silence et, de loin, on devait les prendre pour des amoureux, ou plutôt pour un couple qui vient respirer l'air du soir sur les quais avant d'aller se coucher.

— Je regrette presque, grommela soudain le commissaire, que ce ne soit pas Négrel.

Elle sursauta, lui lança un regard soudain dur.

— Qu'est-ce que vous voulez dire?

— Ne vous fâchez pas. Je n'ai rien contre

votre Gilbert, au contraire. Mais, si cela avait été lui, il aurait pu être question d'un accident. Vous comprenez ?

— Je crois que je commence à comprendre.

— D'abord, votre fiancé n'avait pas de raison suffisante pour tuer. Surtout que vous étiez au courant de sa liaison avec Éveline Jave. Car vous étiez au courant, n'est-ce pas ?

— Oui.

Il s'arrêta de marcher, questionna sans la regarder :

— Pourquoi mentez-vous ?

— Je ne mens pas. C'est-à-dire...

— Continuez.

— Je savais, parce qu'il me l'avait avoué, qu'il avait eu des relations avec elle. Elle l'y avait presque obligé. Je savais aussi qu'elle continuait à le poursuivre...

— Mais pas qu'elle devait venir de Cannes samedi pour le voir ?

— Non.

— Ni qu'elle était allée chez lui depuis qu'il vous connaissait ?

— Non. Vous voyez que je suis franche. C'est par délicatesse qu'il ne m'en a pas parlé. Cela change quelque chose ?

Il prit le temps de réfléchir.

— Plus maintenant. De toutes façons, le motif n'aurait pas été suffisant. Et, comme je vous l'ai dit tout à l'heure, dans le cas Négrel, cela aurait été un accident, une erreur d'ampoule.

— Vous pensez encore que c'est possible ?

— Je crains que non.

— Pourquoi ?

— Parce que Jave savait, dès le vendredi soir, que sa femme viendrait à Paris par avion le samedi. Il n'y est pas venu, lui, pour voir Antoinette. Il n'a pas raté l'avion où Éveline avait pris place. C'est sciemment qu'il a pris l'avion de Londres et je suis persuadé qu'il connaissait d'avance les horaires.

Les fenêtres, là-haut, étaient toujours éclairées. Deux ou trois fois on vit une silhouette qui passait, Janvier sans doute, trop surexcité pour rester assis devant le bureau de Maigret.

— Vous trouvez que le docteur Jave, lui, avait des raisons suffisantes ?

— Ce qu'on a appris d'Éveline n'est-il pas une raison suffisante ?

— Pour la tuer ?

Il haussa les épaules une fois de plus.

— Ce que je n'aime pas, avoua-t-il comme à regret, c'est qu'il l'ait déshabillée.

— Que voulez-vous dire ?

— Cela indique qu'il voulait faire tomber les soupçons sur quelqu'un d'autre.

— Sur Gilbert !

— Oui. Il a cru agir en homme intelligent. Or, si étrange que cela paraisse, ce sont toujours les hommes intelligents qui se font prendre. Certains crimes crapuleux, commis par une petite gouape quelconque, ou par un déséquilibré, restent impunis. Un crime d'intellectuel, jamais. Ils veulent tout prévoir, mettre les moindres chances de leur côté. Ils fignolent. Et c'est leur fignolage, c'est quelque détail « en trop » qui les fait prendre en fin de compte.

» Je suis persuadé que Jave se trouvait dans l'appartement d'en face pendant que sa femme était avec votre fiancé.

» Ce qu'elle a dit à Négrel, je l'ignore et, étant donné le caractère de celui-ci, je doute qu'il vous le répète jamais.

— J'en suis certaine.

— Je ne serais pas surpris qu'elle lui ait appris sa décision de divorcer, ou même d'aller vivre tout de suite avec lui.

— Vous croyez qu'elle l'aimait.

— Il lui fallait au moins un homme à elle. Elle a tant essayé! Depuis l'âge de quatorze ans, elle a essayé en vain...

— C'était une malheureuse?

— Je n'en sais rien. Elle s'est raccrochée à lui. Elle a arraché un bouton de sa veste.

— Je n'aime pas imaginer cette scène-là.

— Moi non plus. Négrel a préféré s'en aller. Remarquez qu'il est parti à cinq heures et demie, alors que les heures de consultation sont de deux à six. Jave n'a eu, la place une fois libre, qu'à traverser le palier.

— Taisez-vous!

— Je ne tiens pas à entrer dans les détails. Je souligne seulement le fait qu'il l'a ensuite déshabillée et qu'il a fait disparaître les vêtements.

— Je comprends. Ne parlez plus, voulez-vous? S'ils n'allaient pas comprendre, eux, là-haut?

Elle levait la tête vers les fenêtres éclairées.

— Pourquoi n'y allez-vous pas, commissaire ? Ce serait fini tout de suite. Je suis sûre que, vous...

Il était passé minuit. Le quai était désert, le pont Saint-Michel aussi. On entendait les bruits de loin et Maigret reconnut celui des pas de plusieurs personnes dans la cour de la P.J.

Martine s'arrêta et lui prit machinalement le bras.

— Qu'est-ce que c'est ?

Il tendait l'oreille, suivait la direction des pas. Enfin il se détendit.

— Quelqu'un l'a conduit au Dépôt.

— Vous êtes sûr ?

— Je reconnais le grincement de la grille.

— Jave ?

— Je le suppose.

Au même moment, une des fenêtres devenait obscure, celle du bureau des inspecteurs.

— Venez ici.

Il l'entraînait dans une tache d'ombre plus dense et quelques instants plus tard, en effet, il voyait sortir Santoni, Lapointe et Bonfils. Lapointe et Santoni se dirigèrent vers le pont Saint-Michel, Bonfils vers le Pont-Neuf.

— *A demain.*

— *Bonne nuit.*

— C'est fini, murmura Maigret.

— Vous êtes sûr ?

— Janvier est en train de donner de la copie aux journalistes. Nous allons les voir sortir d'un moment à l'autre.

— Et la jeune femme, Antoinette.

— Ils vont la garder et il y a des chances qu'elle soit poursuivie pour complicité, car elle a fourni un alibi au docteur.

— Sa mère aussi?

— Probablement.

— A votre avis, elles savaient?

— Voyez-vous, mon petit, cela ne me regarde pas, car je suis en vacances. Et, même si j'étais à la place de Janvier, je ne me permettrais pas d'en décider, car cela regarde les jurés.

— Ils ne vont pas relâcher Gilbert?

— Pas avant demain matin, car le juge d'instruction est seul habilité pour signer les papiers nécessaires.

— Il sait déjà?

— Il a dû entendre qu'on lui donnait un voisin et je jurerais qu'il a reconnu les voix. Qu'est-ce qui vous arrive?

Elle pleurait, tout à coup, sans savoir pourquoi.

— Je n'ai même pas de mouchoir... balbutia-t-elle. C'est bête! A quelle heure, demain matin?

— Sûrement pas avant neuf heures.

Il lui avait passé son mouchoir et il guettait toujours le portail de la P.J.

Une auto ne tarda pas à sortir, une auto grise qui devait appartenir à un des journalistes et où ils étaient entassés à quatre ou cinq. Deux photographes sortirent à pied et se dirigèrent vers le Pont-Neuf.

Il restait de la lumière dans le bureau de Maigret et enfin elle s'éteignit à son tour.

— Venez ici...

Il s'éloignait un peu, cherchait l'ombre la plus épaisse. Un moteur commençait à tourner dans la cour et une des petites voitures noires de la P.J. apparaissait.

— Tout va bien. Il est seul, murmura le commissaire.

— Qui ?

— Janvier. S'il n'avait pas réussi, il aurait fait reconduire ou aurait reconduit Jave chez lui.

L'auto noire s'éloignait à son tour vers le Pont-Neuf.

— Et voilà, petite demoiselle. C'est fini.

— Je vous remercie, commissaire.

— De quoi ?

— De tout.

Elle était sur le point de pleurer à nouveau. Il marchait à son côté vers le pont Saint-Michel.

— Ne me reconduisez pas. J'habite presque en face.

— Je sais. Bonne nuit.

Il y avait un café ouvert, au Châtelet, et Maigret y entra, s'assit à une des tables, dans la salle presque vide, but lentement un demi. Il prit ensuite un taxi.

— Boulevard Richard-Lenoir. Je vous arrêterai.

Le boulevard était désert. Il ne vit aucune silhouette sur le trottoir. Quand il monta la dernière volée d'escalier, la porte s'ouvrit, comme toujours, car Mᵐᵉ Maigret reconnaissait son pas.

— Alors ? questionna-t-elle, les cheveux sur des bigoudis.

— C'est fini

— Négrel ?

— Jave.

— Je ne l'aurais pas cru.

— Il n'est venu personne ?

— Non.

— Il n'y avait pas de journalistes à rôder quand tu es rentrée ?

— J'ai fait attention. Je suis sûre.

— Quel jour sommes-nous ?

— Samedi. Ou plutôt, comme il est une heure et demie du matin, nous sommes dimanche.

— Cela t'ennuie de préparer une valise avec des effets pour quelques jours ?

— Quand veux-tu partir ?

— Dès que tu seras prête. Demain matin, nous serions sûrement repérés.

— Il faut que je me recoiffe.

Il était deux heures et demie et la nuit était calme et douce quand ils descendirent, Maigret portant la valise dont ils se servaient au cours de leurs rares week-ends.

— Où comptes-tu aller ?

— Où nous trouverons de la place. Il existe bien quelque part, pas trop loin de Paris, une auberge qui a une chambre libre.

Ils suivirent la Seine, en taxi, dans la direction de la forêt de Fontainebleau. Un peu après Corbeil, Maigret se souvint d'une auberge, à Morsang, où il était descendu au cours d'une enquête.

— Tu vas les réveiller ?

Il n'avait pas de projet. Il ne savait pas ce qu'il allait faire. Il était en vacances, pour de bon, cette fois-ci.

Et il n'avait pas tort de compter sur sa bonne étoile, car il n'eut pas besoin de réveiller les gens de l'auberge dont on voyait tous les volets clos au clair de lune.

Au bord de la Seine, dans un scintillement argenté, un homme était occupé à préparer des nasses et Maigret reconnut le patron.

— Nous avons en effet une chambre libre, mais elle est retenue pour demain soir.

Quelle importance cela avait-il ? Le lendemain, ils en seraient quittes pour tenter leur chance un peu plus loin.

En attendant que le patron ait éveillé sa femme, ils restaient assis tranquillement sur la terrasse, devant une table de fer, en regardant l'eau qui coulait.

Ce n'est que quatre jours plus tard, dans une auberge des bords du Loing, que Maigret reçut une carte postale représentant le Quai des Orfèvres. Son nom et son adresse étaient écrits en caractères bâtonnets et, dans la partie réservée à la correspondance, il n'y avait que deux mots :

MERCI, PATRON

FIN

le 13 septembre 1956.

TABLE DES MATIÈRES

OUVRAGES DE GEORGES SIMENON
AUX PRESSES DE LA CITÉ (suite)

Achevé d'imprimer en août 1986
sur les presses de l'Imprimerie Bussière
à Saint-Amand (Cher)

— N° d'édit. 878. — N° d'imp. 2073. —
Dépôt légal : 4ᵉ trimestre 1967.
Imprimé en France